DROEMER

FELIX STEPHAN

Slawa
und seine Frauen

Das zweifelhafte Leben
meines Großvaters

DROEMER

Besuchen Sie uns im Internet:
www.droemer.de

FSC
www.fsc.org
MIX
Papier aus verantwortungsvollen Quellen
FSC® C014496

Ein Imprint der Verlagsgruppe
Droemer Knaur GmbH & Co. KG, München

Redaktion: Maria Hochsieder
Covergestaltung: büro süd, München
Coverabbildung: www.buerosued.de
Satz: Adobe InDesign im Verlag
Druck und Bindung: GGP Media GmbH, Pößneck
ISBN 978-3-426-27716-4

2 4 5 3 1

»Do you want to make God laugh?
Tell him your plans.«

Sanja Falbusch

Teil eins

Die erste Nachricht aus der Ukraine erreichte uns am 1. Mai 2015. Wir saßen gerade in der Kellerbar des »Cliff Hotels« auf Rügen und feierten die Goldene Hochzeit meiner Großeltern in großer Runde. Weil im »Cliff Hotel« früher ausschließlich Kader der Sozialistischen Einheitspartei Deutschlands Urlaub machen durften, nennen es die älteren Inselbewohner bis heute umstandslos das »Stasi-Hotel«. Ich glaube, dass meine Großeltern auch deshalb in diesem Hotel ihre Goldene Hochzeit feierten, weil sie in der DDR selbst zur Parteielite gehörten und den Kommunismus bis heute auf eine tiefe, ehrliche Art vermissen. Hoffnungslos sind sie allerdings keinesfalls: Meine Großeltern sind der Auffassung, dass der internationale Sozialismus zurzeit nur eine Pause eingelegt hat, um sich neu aufzustellen und bald mit neuer Kraft zurückzukehren. An den Aufstieg Chinas knüpfen meine Großeltern große Erwartungen.

Als die Sowjetunion zusammengebrochen ist, haben meine Großeltern unter anderem das Privileg verloren, in den Westen zu fliegen, wann immer ihnen danach war. Heute können sie zwar immer noch in den Westen fliegen, aber es ist natürlich nicht mehr dasselbe. Sie verfügten auch deshalb über diese Reisefreiheit, weil die Regierung nicht einen Moment fürchten musste, dass sie möglicherweise nicht zurückkämen, schließlich gab es im Westen nirgendwo einen Staat, der ihnen auch nur annähernd den Rang eingeräumt hätte, den sie in der DDR genossen. In der Ahnenlinie meiner Großeltern tummeln sich kommunistische Widerstandskämpfer, die im nationalsozialistischen Deutschland noch Flugblätter verteilt haben, als die Sozialdemokraten schon lange nicht mehr zu sehen waren, und dafür in Konzentrationslagern gefoltert und getötet wurden. Aufrechte, sozialistische Aktivisten der ersten Stunde. Das galt nirgendwo auf der Welt so viel wie genau hier. Nach einer Tante meiner Großmutter war in der DDR eine Schule benannt, und der Legende nach soll sie Rosa Luxemburg persönlich getroffen haben. Auf dem Friedhof der Sozialisten liegt ihr Grab jedenfalls nur verbürgte dreizehn Meter von Rosa Luxemburgs Grab entfernt. Ich bin da gewesen, ich habe es selbst nachgezählt. Meine Großeltern waren nicht einfach Bürger der DDR. Für sie war die Existenz dieses Staates ein historischer Triumph.

Beim Mittagessen hatte mein Onkel feierlich unser gemeinsames Geschenk überreicht: eine viertägige Reise nach St. Petersburg. Mit den Kindern. Der erste gemeinsame Familienurlaub seit über dreißig Jahren. In die Stadt, in der sich meine Großeltern kennengelernt hatten, als sie noch Leningrad hieß. Es war ein gelungenes Geschenk. Die Übergabe leitete mein Onkel mit einer Rede ein, in der er die Stationen ihrer Ehe aufzählte und dann sagte: »Das muss man auch erst mal machen, würde ich sagen.«

Für öffentliche Reden ist in meiner Familie niemand besonders begabt, trotzdem werden immer welche gehalten, was ich mir nur so erklären kann, dass sich meine Familie gern an Protokolle hält. Seit meinen Großeltern ihr Land abhandengekommen war, hielten sie ihre offiziellen Empfänge gewissermaßen im Privatleben ab. Unsere Familienfeste erinnern deshalb immer ein wenig an Sitzungen des Zentralkomitees und verlaufen nach einem festen Schema: Meine Großeltern mieten einen völlig überdimensionierten Raum in einem bekannten ostdeutschen Hotel, die Familie versammelt sich um einen Tisch, der so groß ist, dass die Stühle einen Meter voneinander entfernt stehen, und ein männliches Familienmitglied hält eine ungelenke Ansprache. Dann werden die jüngsten Einschulungen, Abiturnoten, Promotionen und Beförderungen verkündet, und meine Großtante lässt Zeitungsausschnitte rumgehen, die sie in den vorangegangenen Wochen entdeckt, ausgeschnitten und in Klarsichtfolien abgeheftet hat und in denen es meistens um lokale Neuigkeiten aus Eisenhüttenstadt geht. Um seine Verbundenheit mit der Arbeiterklasse zur Schau zu stellen, lobt mein Großvater die Kellner den ganzen Abend so theatralisch, dass sie sich zweifellos fragen, ob er sich über sie lustig macht.

Zum Abendessen gingen wir in den Keller, wo es außer einem Tischkicker und einer Kegelbahn eine traditionelle Bierkneipe gab. Auf dem Esstisch stand bergeweise rohes Fleisch, das wir auf heißen Platten selbst braten sollten, wobei sich dichter Rauch entwickelte, der nirgendwohin abziehen konnte, weil wir ja in einer Kellerbar waren und es nur winzig kleine Fenster gab, die sich nicht öffnen ließen. Die Idee, hier unten Teppanyaki anzubieten, kam mir zutiefst ostdeutsch vor und machte mir sofort gute Laune. Wegen des Rauchs standen uns den ganzen Abend Tränen in den Augen, und um das Brennen auf der Netzhaut auszuhalten, tranken wir relativ viel, sodass wir ungewöhnlich offenherzige Gespräche führten. Das jedenfalls war in etwa die Lage, als auf dem Telefon meiner Mutter die erste Nachricht aus der Ukraine eintraf.

Als meine Mutter fünfzehn Jahre alt war, suchte sie aus einem vagen Verdacht heraus im Schreibtisch ihrer Eltern nach ihrer Geburtsurkunde. Dabei fand sie heraus, dass der Mann, der sich bis dahin als ihr Vater ausgegeben hatte und dessen Goldene Hochzeit wir gerade feierten, nicht wirklich ihr Vater war. In Wahrheit war sie das Ergebnis einer kurzen Beziehung, die ihre Mutter als ostdeutsche Medizinstudentin in Leningrad mit einem ukrainischen Juden namens Wjatscheslaw Falbusch hatte. Noch bevor meine Mutter zur Welt kam, ging die Beziehung allerdings in die Brüche, Wjatscheslaw Falbusch lernte seine Tochter nie kennen, und meine Großmutter fasste offenbar den Plan, die Geschichte für immer geheim zu halten. Wenig später lernte sie einen deutschen Studenten kennen und heiratete ihn, sobald es eben ging. Offiziell wollten die jungen Kommunisten zwar traditionell bürgerliche Vorstellungen von Familie, Ehe und der Rolle der Frau hinter sich lassen, in Wahrheit war es aber für eine alleinstehende Mutter auch dann nicht einfach, wenn sie eine Elite-Kommunistin war.

Mit ihrem Stiefvater kam meine Mutter schlecht aus. Sie stand ihre Jugend irgendwie durch, heiratete mit achtzehn den Jahrgangsbesten der Schule, weil ihre Eltern gegen diesen gelungenen jungen Mann nun wirklich nichts einwenden konnten, und zog zum frühestmöglichen Zeitpunkt zu Hause aus. Mit zwanzig brachte sie mich zur Welt, mit zweiundzwanzig meine Schwester. Als sie sechsundzwanzig war, fiel die Mauer, und alle Vorstellungen darüber, wie ihr Leben verlaufen würde, waren für die Katz. So schnell und eifrig, wie sie konnte, eignete sie sich an, was man wissen musste, um im Westen zu überleben: Sie nahm bei einer Bank einen Kredit auf, kaufte ein renovierungsbedürftiges Haus am Stadtrand und flog für einen zweiwöchigen Roadtrip nach Kalifornien. Die Route führte von LA nach San Francisco, mit einem amerikanischen Mietwagen, von Hotel zu Hotel. Zwei Wochen lang fuhr sie auf dem Highway Number One nach Norden, eine Straße, von der der Reiseführer behauptete, es sei die schönste Straße der Welt, und sie war entschlossen, jeden Meter davon gnadenlos zu genießen. Links der azurblaue Pazifik, rechts die roten, steil aufsteigenden Santa Lucia Mountains.

Mit achtunddreißig ließ sie sich scheiden, mit dreiundvierzig zog sie nach Portugal, lebte drei Jahre in einer Wohnung am Atlantik und unterrichtete die Kinder neureicher Portugiesen an der Deutschen Schule, die ziemlich teuer war, aber nicht ganz so teuer wie die Englische Schule, wohin die alte Geldelite Portugals ihre Kinder schickte. Mit sechsundvierzig zog sie wieder zurück in die alte Ostberliner Vorstadtsiedlung. Sie renovierte das Haus und baute mehrmals den Garten um: Sie hob einen Teich aus, vergrößerte den Teich, schüttete den Teich wieder zu, entfernte das Hochbeet, fällte den Pflaumenbaum. Mit neunundvierzig wollte sie in die Berliner Innenstadt ziehen, von der mittlerweile die ganze Welt redete, und bot das Haus zum Verkauf an. Das Interesse junger Paare überraschte sie. Der Preis des Hauses stieg mit jedem Anruf.

Im Internet schaute sie sich Dreizimmerwohnungen an, die in den aufsteigenden Innenstadtbezirken Berlins lagen: Wohnungen mit Blick auf die Spree, mit zwei Balkonen, Fenstern bis zum Boden, mit Bars, Cafés, Kinos, Theatern direkt vor der Tür. Als sie die ersten Interessenten durch das Haus führte, sagte eine junge Frau: »Man sieht dem Haus an, wie viel Liebe und Arbeit Sie hier reingesteckt haben. Erlauben Sie die Frage, aber: Wieso wollen Sie es verkaufen?« Meine Mutter stellte fest, dass sie auf diese Frage keine Antwort geben konnte, die sie selbst überzeugt hätte, brachte die Hausführung mit großer Gastfreundlichkeit zu Ende und löschte die Anzeige.

Dass sie in all den Jahrzehnten nicht auf die Idee kam, ihren Vater ausfindig zu machen, hatte verschiedene Gründe: Zum einen hatte ihre Mutter erzählt, dass Wjatscheslaw Falbusch ein charakterloser Mann war, der sich nicht eine Sekunde um seine Tochter bemüht hatte. Er habe sie nie besucht, nie geschrieben, und Geld habe sie auch nie gesehen, weshalb meine Mutter froh sein solle, ihm nie begegnet zu sein. Viel entscheidender war allerdings, dass meine Mutter in ihrem ganzen Leben kein einziges persönliches Gespräch mit ihrer Mutter geführt hatte, dieses Gespräch aber unverzichtbar war, wenn sie mehr über ihren Vater herausfinden wollte. Schon der Gedanke daran war ihr so unangenehm, dass sie Magenkrämpfe bekam und sich jahrzehntelang vor einer Aussprache drückte.

Der Frankfurter Philosoph Franz Rosenzweig hat einmal sinngemäß geschrieben, dass ein Gespräch nur dann etwas bedeutet, wenn es unvorhersehbar verläuft und man selbst nicht weiß, was man sagen wird, weshalb zum Beispiel Platons Dialoge lediglich prätentiöse Aufsätze seien. Wenn meine Mutter mit ihrer Mutter sprach, verliefen die Gespräche immer nach dem gleichen Schema, und sie tun es im Grunde bis heute: Meine Großmutter lässt durchblicken, dass sie den Beruf der Lehrerin nicht für einen besonders anspruchsvollen Beruf hält und dass meine Mutter alle Anlagen gehabt hätte, aus ihrem Leben mehr zu machen. Meine Mutter versucht ihr anhand anschaulicher Beispiele zu vermitteln, dass es keinen Absolutheitsanspruch auf persönliches Glück gibt und nun einmal nicht jeder darauf aus sei, in eine willkürlich definierte Führungsebene aufzusteigen, nur weil er es theoretisch könnte. Viele ehemals erfolgreiche Manager seien zum Beispiel als Imker oder Landschaftsmaler zum ersten Mal in ihrem Leben wirklich glücklich. Meine Großmutter stimmt der Idee allgemein zu und erkennt an, dass philosophische Bemerkungen wie diese einen gewissen Konversationswert haben. Nach einer kurzen Pause erzählt sie dann spontan und ohne erkennbaren Bezug zum bisherigen Gesprächsverlauf Anekdoten aus dem Leben der erwachsenen Kinder anderer, die es zu Geschäftsführern, Chirurgen oder Anwälten gebracht haben. Meine Mutter hört sich diese Geschichten über Beförderungen und Jahresgehälter und Aktienpakete aufmerksam an und versucht währenddessen herauszufinden, was sie mit ihrer konkreten Situation oder dem vorangegangenen Gespräch zu tun haben. Immer wieder aufs Neue stellt sie erst auf dem Heimweg fest, dass diese Beispiele in erster Linie die Enttäuschung zum Ausdruck bringen sollen, die meine Großmutter der Lebensführung meiner Mutter gegenüber nun einmal empfindet, die sie aber nicht offen ansprechen kann, ohne eine Eskalation zu riskieren, die möglicherweise dazu führt, dass ihre Tochter ein weiteres Mal den Kontakt abbricht.

Zwei Jahre hatte meine Mutter nicht mit ihren Eltern gesprochen. Als der Mann und die Kinder ausgezogen waren und sie allein in dem achtzig Jahre alten Haus mit wackeliger Elektrik und durchweichtem Dach saß und zum ersten Mal in ihrem Leben wirklich, wirklich unabhängig war, entschloss sie sich, auch die letzte Verbindung zu ihrem bisherigen Dasein als fremdbestimmte Ehefrau, Mutter und Tochter zu kappen: Sie informierte ihre Eltern, dass sie keinen weiteren Kontakt wünsche und dass sie Bescheid geben werde, sollte sich daran jemals etwas ändern.

Nach Ablauf dieser zwei Jahre behandelten meine Großeltern meine Mutter zwar noch immer nicht wie eine Erwachsene, aber immerhin gingen sie sehr viel vorsichtiger mit ihr um: Sie machten sich nicht mehr ganz so ungeniert über ihren Traum lustig, die Welt im direkten Gespräch zu verbessern, schüttelten über ihren Kleidungsstil (Pullover, Jeans, keine Absätze) nicht mehr ganz so offen die Köpfe und hielten ihr nicht mehr ganz so direkt vor, wie unverantwortlich es gewesen war, dass sie ihre Kinder anhand gemeinsamer Abmachungen erzogen und auf Disziplinarmaßnahmen weitgehend verzichtet hatte. An der unerschütterlichen, demütigenden Selbstgewissheit meiner Großeltern hatte sich zwar nicht das Geringste geändert, aber sie brachten nach der Machtdemonstration meiner Mutter immerhin die Höflichkeit auf, ihre Seite der Geschichte anzuhören.

»Aber das sollte doch selbstverständlich sein«, sagte ich am Telefon zu meiner Mutter, als sie darüber nachdachte, die Kontaktsperre aufzuheben. »Wenn du ihnen etwas als Pluspunkt anrechnest, das eigentlich normales menschliches Verhalten sein sollte, machst du es ihnen viel zu einfach.«

»Für sie ist das nicht selbstverständlich.«

»Du lässt sie zu billig davonkommen. Du dürftest die Sanktionen erst aufheben, wenn sie sich wirklich und gründlich mit sich selbst auseinandergesetzt haben.«

»Sie leben in ihrer eigenen Welt. Wir werden sie nicht mehr ändern.«

»Sie haben es nicht verdient, dass du sie in Schutz nimmst. Das haben sie für dich nie getan.«

»Wenn wir von normalen Leuten sprechen würden, hättest du mit allem recht. Wir sprechen aber von meinen Eltern.«

Nachdem die Bedingungen für einen Waffenstillstand für beide Seiten akzeptabel waren, nahmen meine Mutter und ihre Eltern wieder diplomatische Beziehungen auf. Der Frieden war allerdings fragil und basiert bis heute darauf, dass ein Verhandlungspaket unangetastet bleibt, in dem sich vier

Jahrzehnte gegenseitige Verständnislosigkeit und unausgesprochene Vorwürfe verbergen. Es ist eine komplizierte Konstruktion, und es bedeutet für alle Beteiligte viel Disziplin, den ganzen Laden nicht in die Luft fliegen zu lassen. Aus diesem Grund klingen ihre Gespräche, wie sie es tun: Weil sie einander bis heute nicht sagen können, was sie eigentlich sagen wollen, reden meine Mutter und ihre Mutter vor allem in Gleichnissen und allgemeinen Beispielen miteinander.

Als sie einundfünfzig war, wies ich meine Mutter darauf hin, dass sie langsam anfangen müsste, ihren Vater zu suchen, wenn sie ihn noch kennenlernen wollte. Er musste bereits über siebzig sein. Das sah sie ein. Sie atmete tief durch, traf sich mit ihrer Mutter, führte das lange aufgeschobene Gespräch und fand dabei alles heraus, was uns für die Suche zur Verfügung stehen würde: dass man den Namen ihres Vaters auf Kyrillisch ВЯЧЕСЛАВ ФАЛЬБУШ buchstabierte und dass seine Familie wahrscheinlich in Uschgorod im Südwesten der Ukraine gelebt hatte, vielleicht aber auch in Moldawien. An mehr wollte sich meine Großmutter einfach nicht erinnern.

Wir konzentrierten unsere Suche auf Uschgorod. Ich arbeitete mittlerweile als Journalist, weshalb meine Mutter annahm, dass ich über besondere Recherchefähigkeiten verfügte, von deren Existenz normale Menschen nicht einmal eine Ahnung hatten. Allerdings war ich Kulturjournalist und verdiente mein Geld vor allem damit, über Bücher oder Filme zu schreiben. Alles, was man dazu wissen musste, war wiederum für jeden frei zugänglich in anderen Büchern und Filmen vermerkt. Weil ich meine Mutter nicht enttäuschen oder vielleicht auch einfach nicht zugeben wollte, dass ich in keine besonderen Geheimnisse eingeweiht war, schrieb ich ziellos E-Mails an Petersburger Universitäten, die ukrainische Botschaft und einen Rabbi in Uschgorod. Das alles führte zu nichts, also fragte ich Tim Neshitov, der im Feuilleton der *Süddeutschen Zeitung* arbeitete, ob er mir helfen könnte. Ich wusste, dass Tim in St. Petersburg geboren wurde, und dachte, das sei immerhin ein Anfang. Tim Neshitov antwortete zwei Tage später: In einer russischen Datenbank habe er einen Wjatscheslaw Falbusch gefunden, der 1934 in Taschkent geboren worden und 1990 in Uschgorod gestorben war. Er habe eine Frau hinterlassen, Olga, und zwei Kinder, Ljudmila und Alexander. Der Name passte, das Geburtsjahr passte, die Stadt passte. Meine stümperhafte Recherchemethode schien gut zu funktionieren.

Weiter kamen wir trotzdem nicht. Und wenn wir ehrlich waren, konnte das Geburtsjahr nicht stimmen. Wenn er 1934 geboren worden war, hätte er Ende zwanzig sein müssen, als er meine Großmutter kennenlernte. Sie bestand aber darauf, dass er Anfang zwanzig, höchstens aber Mitte zwanzig war. Und wieso sollte er ausgerechnet in Taschkent zur Welt gekommen sein, um dann in Leningrad zu studieren und in Uschgorod zu sterben? Wenn wir genauer hinsahen, passte alles ganz knapp eigentlich doch nicht.

Meine Mutter erzählte ihrer russischen Kosmetikerin von der ganzen Geschichte, vermutlich aus demselben Grund, aus dem ich Tim Neshitov angesprochen hatte: weil sie Russin war. Vielleicht funktionierte das ja noch ein zweites Mal. Die Kosmetikerin machte meiner Mutter allerdings keine großen Hoffnungen: »Wahrscheinlich hat er nie von dir erzählt. Russische Männer erzählen so etwas nur, wenn sie sehr alt oder sehr betrunken sind.« Und wenn Tim recht hatte, war Wjatscheslaw Falbusch nicht alt geworden. Trotzdem bot sie an, im russischen Internet nach unseren Verwandten zu suchen.

Ein paar Tage später fand sie in einem sozialen Netzwerk, in dem man nach alten Klassenkameraden suchen konnte, eine Olga Falbusch, die über siebzig war und in Uschgorod lebte. Das musste die Witwe sein. Wie viele Menschen mit diesen Koordinaten konnte es schon geben? Uschgorod war eine kleine Stadt. Sie schrieb ihr eine Nachricht, in der sie ihr die wundersame Geschichte von ihrer Stammkundin erzählte, die auf der Suche nach einem gewissen Wjatscheslaw Falbusch sei. Sie, Olga, trage denselben Nachnamen, sie wisse also doch vielleicht Näheres.

Eine Weile passierte nichts. Olga antwortete erst am 1. Mai, während wir in der Kellerbar des Stasi-Hotels auf Rügen angetrunken bei der Goldenen Hochzeit saßen. Ihre Nachricht lautete: »Da bist du ja endlich. Dein Vater hat immer von dir gesprochen.«

Am nächsten Morgen schickten wir vorsichtig formulierte Nachrichten an Ljudmila und Alexander Falbusch, die nach der Lage der Dinge die Geschwister meiner Mutter sein mussten, und mieteten uns zwei Strandkörbe an der Ostsee. Während meine Mutter alle zwei Sekunden auf ihr Telefon schaute, las ich »Tage des Verlassenwerdens« von Elena Ferrante, von der es hieß, sie sei eine führende europäische Stilistin, die jahrzehntelang von der europäischen Literaturkritik ignoriert und auf unverzeihliche Weise um den Ruhm gebracht worden war, der ihr rechtmäßig zugestanden hätte. Erst jetzt, da sie in den USA berühmt wurde, schauten sich auch die europäischen Kritiker ihre Bücher noch einmal genauer an. Als meine Mutter das Buch sah, sagte sie, dass sie es auch zu Hause habe und dass es eines der Bücher gewesen sei, die sie sich nach der Scheidung zur Selbsttherapie gekauft habe, vor allem – oder eigentlich ausschließlich – wegen des Titels. Sie wisse aber nicht mehr, wie sie es fand.

Das Buch handelt von den sexuellen Selbstzweifeln einer italienischen Frau, die ungefähr fünfzig ist, als sie von ihrem Mann verlassen wird, und ihrem wütenden sexuellen Begehren. Nach der Scheidung verführt sie ihren stumpfsinnigen Nachbarn, um sich zu bestrafen, ein Abenteuer zu simulieren und ihren Marktwert zu testen, zu jeweils etwa gleichen Teilen. Aus dem Assoziationsraum dieses Romans hätte ich meine Mutter gern ferngehalten. So gut, wie ich ihn bis dahin gefunden hatte, gefiel er mir danach nie wieder.

Ljudmila antwortete als Erste: Sie schrieb, dass alles sehr aufregend sei, zumal es ja nicht jeden Tag vorkomme, dass man plötzlich eine neue Schwester habe. Sie schickte uns ein Foto von Wjatscheslaw Falbusch, auf dem er mir kein bisschen ähnelte, was uns ein bisschen enttäuschte, weil meine Großmutter immer behauptet hatte, ich sähe ihm zum Verwechseln ähnlich und dass sich sogar unsere Sprechweise gliche. Aber es war das erste Mal, dass meine Mutter ein Foto ihres Vaters sah, und deshalb redeten wir uns die Ähnlichkeit einfach ein. Meine Mutter hielt das Foto neben mein Gesicht und nickte zufrieden.

Als Nächstes schickte uns Ljudmila ein Foto mit stark gesättigten Farben, das während eines Familienurlaubs auf dem Land in den Achtzigern aufgenommen worden war. Auf dem Foto ist sie vielleicht zehn Jahre alt und sitzt neben ihrem Vater auf einer Bank. Dazu schrieb sie auf Englisch: »Hier ist noch ein Bild unseres Vaters. Er war genervt, weil ich mich drei Mal am Tag umgezogen habe. Eines Tages hat er all meine Sachen genommen, in ein Paket gesteckt und zurück nach Hause geschickt. Ich hatte nur noch das, was ich auf dem Foto anhabe. Das musste ich den Rest des Urlaubs jeden Tag tragen. Er war ein sehr witziger Mann.« Außerdem erfuhren wir, dass Wjatscheslaw Falbusch Psychiater war, aber die Seele eines Poeten hatte: Er schrieb Gedichte, spielte Theater und sang bei jeder Gelegenheit. Ständig hatte die Familie Gäste, ständig feierten sie Feste. Ihr Vater habe immer dafür gesorgt, dass er im Mittelpunkt stand und sich sämtliche Aufmerksamkeit auf ihn richtete. Er sei ein glänzender Unterhalter gewesen. Meine Mutter schienen diese Nachrichten zu deprimieren. »Was ist denn los?«, fragte ich. »Das hätte mein Leben sein können«, sagte sie.

Den Rest des Frühlings beschäftigte sich meine Mutter

damit, das Bild, das sie von ihrem eigenen Leben, ihrer Identität, ihrer Herkunft hatte, anhand der frischen Informationen neu zusammenzusetzen. Sie war jetzt einen Hauch weniger deutsch, sondern neuerdings »in Deutschland aufgewachsen«. Sie hatte jetzt einen Vater namens Wjatscheslaw Falbusch, genannt Slawa, der ein ukrainischer Jude war, also im Grunde so etwas wie Joseph Roth persönlich, von dem meine Mutter sofort mehrere Bücher bestellte. Sie hatte eine Schwester namens Ljudmila, genannt Ljuda, die in Uschgorod vormittags in der Schule Englisch unterrichtete und nachmittags Privatstunden gab, weil sonst das Geld nicht reichte. Und sie hatte einen Bruder namens Alexander, genannt Sanja, gelegentlich auch Sascha, der der Ukraine schon vor Jahren den Rücken gekehrt hatte, weil er das Land für barbarisch und antisemitisch hielt. Sanja lebte jetzt als Teilzeitpsychiater und rechtskonservativer Israeli in Haifa. Sein Facebook-Profil war ganz dem Kampf gegen die muslimische Bedrohung gewidmet. Die ersten Worte, die er meiner Mutter schrieb, lauteten: »I'm your brother, I love you.«

Als Psychiater gab er sich nicht mit den augenfälligen Motivationen der Menschen zufrieden, sondern grub etwas tiefer und legte verborgene Geheimnisse frei. So hatte er schnell eine Erklärung dafür zur Hand, dass meine Mutter erst jetzt angefangen hatte, nach ihrem Vater zu suchen. Seiner Theorie zufolge waren wir Juden, die unbewusst dem Ruf des gelobten Landes folgten. Dieser Ruf sei im Laufe der Jahre immer lauter geworden, und jetzt seien wir an einem Punkt, an dem wir ihn nicht mehr überhören konnten. Etwas in uns antwortete, etwas in uns gab der unwiderstehlichen Anziehungskraft Israels nach. Unsere Suche nach Wjatscheslaw Falbusch sei in Wahrheit das Judentum, das in uns erwache. Unser eigentliches Ziel sei es, die israelische

Staatsbürgerschaft anzunehmen. Wenn wir bereit seien, diese Wirklichkeit anzuerkennen, sollten wir ihm einfach Bescheid sagen: Die israelische Botschaft führe eigens zu diesem Zweck routinemäßig DNA-Tests durch, und er könne jederzeit nach Berlin kommen, um sich etwas Blut abnehmen zu lassen. Das sei wirklich gar kein Problem.

Zwei Monate später fuhren wir zum ersten Mal nach Uschgorod. Uschgorod ist die erste ukrainische Stadt hinter der EU-Grenze, von Berlin aus fährt man tausendeinhundert Kilometer durch Polen und die Slowakei. Unsere Reisegruppe bestand aus meiner sehr nervösen Mutter, meiner Freundin Stéphanie und mir. Stéphanie wird seit ihrer Geburt von allen Steph genannt, hat blasse Haut, prachtvolle braune Locken und lebt in Paris-Belleville in einer kleinen Straße, die an französische Kleinstädte erinnert und in der sie sich sehr wohlfühlt, weil dort jeder jeden kennt: Es gibt einen chilenischen Restaurant-Besitzer, der rund um die Uhr arbeitet, einen senegalesischen Schneider, der ihr andauernd zweideutige Model-Angebote macht, eine amerikanische Designerin, deren Eltern kürzlich von Massachusetts nach Nebraska gezogen sind, weil man dort billiger golfen kann.

Außerdem stehen in Stephs Viertel an jeder Ecke chinesische Prostituierte über fünfzig. »Warum stehen hier ausschließlich chinesische Prostituierte über fünfzig?«, habe ich sie einmal auf dem Weg zu unserem Bäcker in der Rue Saint-Maur gefragt. »Ist das nicht ein etwas sehr spezieller Fetisch?« Sie konnte es auch nicht genau sagen.

Ihre Ferien verbringt Steph bei mir in Berlin, und in diesem Jahr bedeutete das, dass sie mit meiner Mutter und mir zwei lange Tagesreisen weit in den Osten fahren musste. Sie trug es, wie alles andere auch, mit Fassung. Sie studiert Philosophie an der Sorbonne, sie findet, dass die Theorie, romantische Liebe sei eine Kommunikationstechnik der Bourgeoisie, nur von einem Deutschen stammen kann, und seit sie in Paris lebt, spricht sie häufig davon, dass sie lieber an der Küste leben würde. Außerdem trägt sie jederzeit eine Flasche Wasser mit sich herum, wenn sie das Haus verlässt, als wolle sie sich für den Fall einer Entführung wappnen. Ich habe bis heute nicht herausgefunden, was es damit auf sich hat, aber die Flasche Wasser vergisst sie nie.

Vor unserer Reise war Steph tagelang damit beschäftigt, ihre besorgte französische Mutter zu beruhigen. Normalerweise verbrachte die Familie ihre Ferien in Saint-Jean-de-Luz, einer pastellfarbenen Stadt an der südfranzösischen Atlantikküste, friedvoll eingebettet zwischen den Pyrenäen und Biarritz. Jetzt wollte ihre Tochter den Sommerurlaub mit zwei zweifelhaften Ostdeutschen in einem Land verbringen, aus dem seit Monaten Zahlen gefallener Soldaten und Bilder von Rauchsäulen und ausgebrannten Flughäfen nach Frankreich schwappten.

»Wir fahren nicht in ein Kriegsgebiet«, sagte ich in einem Tonfall, als wäre der Gedanke völlig absurd. »Das Ding am Osten ist, dass die Länder unendlich riesig sind. Je weiter man nach Osten kommt, desto größer werden die Länder. Deshalb sind sie für die Deutschen in ihren kleinen Stuben so metaphysisch. Das sind ganz andere Dimensionen. Sag deiner Mutter, dass Uschgorod vom eigentlichen Kriegsgebiet genauso weit entfernt liegt wie von Paris.« Ich glaube, diese Strategie hat funktioniert, ich habe jedenfalls nichts weiter davon gehört.

Zwei Tage vor unserer Abreise meldeten die Nachrichtenagenturen dann allerdings Gefechte zwischen Soldaten der ukrainischen Regierung und Kämpfern der faschistischen

Miliz »Rechter Sektor« direkt vor den Stadtgrenzen von Uschgorod. Die deutschen Abendnachrichten zeigten Bilder von ausgebrannten Autos und Soldaten mit Maschinengewehren im Anschlag und berichteten von drei Toten. Niemand schien allerdings zu wissen, worum es in diesem Gefecht überhaupt ging: Im Osten des Landes kämpften die Regierung und der Rechte Sektor Seite an Seite gegen die Russen. Meine Mutter rief mich an und warf die Frage auf, ob wir die Reise nicht besser absagen sollten. »Es war eine einzelne Schießerei an einer Straßenkreuzung irgendwo auf dem Land«, sagte ich. »Wenn wir schon da wären, hätten wir es wahrscheinlich gar nicht mitbekommen.«

In Wirklichkeit hatte ich längst beschlossen, über diese Geschichte ein Buch zu schreiben, und ein Element echter Gefahr kam mir ehrlich gesagt gar nicht ungelegen. Dass ich möglicherweise das Leben meiner Freundin und meiner Mutter für ein unausgegorenes Buchprojekt aufs Spiel setzte, führte ich mir zwar bewusst vor Augen, tröstete mich aber mit einer Ausrede, die in jenem Moment wasserdicht klang, an die ich mich aber schon jetzt nicht mehr genau erinnern kann. Stephs Mutter gegenüber erwähnten wir den Zwischenfall nicht.

Auf dem Weg zur polnischen Grenze fuhren wir an Eisenhüttenstadt vorbei, der Stadt, in der meine Mutter aufgewachsen ist. Eisenhüttenstadt ist heute eine unauffällige, sterbende ostdeutsche Kleinstadt, in der Männer mit Militärfrisuren trübsinnig an den Felgen ihrer gebrauchten BMWs herumschrauben. Das letzte Mal bin ich da gewesen, als der Kurator der Berlin Biennale in einem leer stehenden Laden in der Eisenhüttenstädter Innenstadt einen performativen Schüleraustausch organisiert hatte: Eine vierte Klasse aus

Berlin-Neukölln und eine vierte Klasse aus Eisenhüttenstadt malten zusammen Kreidebilder auf den Boden, während Galeristen und Kunstwissenschaftler in Kaschmir-Strickjacken von Filippa K um sie herumstanden und Kulturjournalisten wie mir Interviews gaben, in denen es darum ging, dass soziale und ethnische Grenzen heute oft undurchlässiger sind als nationale. Die Kinder wären sich ohne dieses gemeinsame Happening schließlich nie im Leben begegnet, obwohl sie nur achtzig Kilometer voneinander entfernt wohnten. Das ist es, was Eisenhüttenstadt heute auszeichnet: Wenn Berliner Kuratoren einen Ort suchen, der von der Globalisierung vergessen wurde, gehen sie nach Eisenhüttenstadt.

In meiner Familie wird der Verfall der Stadt nicht erwähnt. Als meine Großeltern in den Sechzigern hier ihre Jobs antraten, war Eisenhüttenstadt noch das ehrgeizigste Projekt des deutschen Sozialismus. Die Stadt wurde komplett am Reißbrett entworfen und sollte die Strahlkraft jener Welt, auf die die Sozialisten hinarbeiteten, auf magische Weise auf seine Bewohner übertragen: Es gab großzügige, lichtdurchflutete Wohnungen für die Arbeiter, grüne Innenhöfe und breite Bürgersteige. An jeder Ecke standen Skulpturen von sozialistischen Bildhauern, die den Nationalsozialismus überlebt hatten, und man schrieb diesen Kunstwerken eine seelenbildende Kraft zu. An den wichtigsten Plätzen der Stadt standen nicht das Rathaus oder die Kirche, sondern das Krankenhaus und das Kino. Und in der Mitte dieser utopischen Stadt thronte das gigantische Stahlwerk, in das die Menschen jeden Morgen strömten, um gemeinsam die Zukunft aufzubauen.

Auch mein Großvater hatte sein Büro auf dem Gelände des Stahlwerks. Für ihn muss es eine glänzende, glückliche Zeit gewesen sein: Er hatte in Leningrad studiert, er war mit einer erfolgreichen Frau verheiratet, und sein Land vertraute ihm. Seine Wohnung war blitzsauber, das Auto neu und seine Stellung unangetastet. Er trug gute Anzüge und einen sowjetischen Professorentitel. Er war Anfang dreißig und saß von frühmorgens bis spätabends an seinem Schreibtisch, blickte über die Stadt und versuchte nicht daran zu denken, dass er eine vorlaute Tochter adoptiert hatte, die ihre Widerspenstigkeit nicht von ihm haben konnte, sondern nur von einem Mann, der, obwohl niemand jemals ein Wort über ihn verlor, immer noch viel zu viel Raum in seinem Leben einnahm.

Darüber, dass meine Mutter adoptiert war, dachte damals schon deshalb niemand ernsthaft nach, weil der Sozialismus wie keine andere Ideologie an die Formbarkeit des Menschen glaubte. Dieser Glaube war die Grundbedingung dafür, dass die große Rechnung aufging. Dass meine Mutter einen leiblichen Vater hatte, der in ihr auch dann fortlebte, wenn man nicht von ihm sprach, konnte in der Weltanschauung meiner Großeltern keine Rolle spielen. Ein Biologismus dieser Art hätte in Zweifel gezogen, was sich der Sozialismus im Kern vorgenommen hatte: die Neuerfindung des Menschen, den absoluten Neustart.

Auf halber Strecke übernachteten wir in Krakau. Die Innenstadt von Krakau war so gewissenhaft saniert, dass sie aussah wie ein Nachbau des Originals. Auf dem zentralen Marktplatz reihte sich ein Restaurant an das nächste, als wäre er ein themenbezogener Food Court in einer chinesischen Mall. Die Touristenbüros warben in ihren Auslagen mit Tagesausflügen in das Krakauer Salzbergwerk, zur Fabrik von Oskar Schindler und nach Auschwitz. Es war Samstagabend, als wir ankamen, und die Innenstadt quoll über von Leuten, die aus den Vororten gekommen waren, um zu trinken und Kebab zu essen. Wir ließen unser Auto parken und gingen schnell ins Hotel. Als ich der Rezeptionistin meinen deutschen Pass zeigte, sah sie mich erstaunt an: »Sie sind Deutscher? Sie haben überhaupt keinen Akzent. Sie könnten auch Amerikaner sein.«

»Das hat dir gefallen, dass sie dich für einen Amerikaner gehalten hat, oder?«, fragte Steph später. Sie unterstellte den Deutschen, dass sie sich der amerikanischen Kultur an die Brust warfen, was sie zum Beispiel daran festmachte, dass die Deutschen Popcorn aßen, wenn sie ins Kino gingen. »Das ist nicht wahr«, sagte ich. »Außerdem habe ich einen deutlich hörbaren Akzent. Ich spreche nicht mal besonders gut Englisch.« Wir stritten uns ein bisschen freundschaftlich und schliefen dann ein. Unser Hotelzimmer sah aus wie eine Einrichtungsboutique für Hausfrauen, die sich bewusst für ein Leben als Hausfrau entschieden hatten, und wenn man im Bett lag, fühlte man sich, als wäre man in Watte eingelegt.

Krakau war die letzte gentrifizierte Stadt auf unserer Tour, dahinter wurden die Straßen schlechter und die Landschaft rauer. Hinter der Tatra, im Osten der Slowakei, sah es schon richtig verlassen und zerfallen aus, so als gäbe es außer den Tageszeiten keinerlei gesellschaftliche Regeln mehr. Die Orte bestanden lediglich aus gedrungenen Häusern mit verwahrlosten Gärten, die sich entlang der einzigen Straße aufreihten wie Perlen an einer Kette. Es gab weder Nebenstraßen noch Marktplätze, noch irgendwelche öffentlichen Einrichtungen, nur diese weißen, niedrigen Häuser mit Zäunen rundum, eins nach dem anderen, und dahinter flaches Land. In Gedanken verglich ich die Landschaft mit dem Louisiana, das ich aus amerikanischen Filmen kannte, erwähnte das aber nicht, weil ich Steph nicht noch mehr Futter für ihre wahnwitzige These geben wollte. Steph fürchtete sich ein wenig, und um sich abzulenken, erzählte sie mir von der Schule des politischen Neorealismus, in der es darum ging, dass die Welt nur dann im Gleichgewicht war, wenn der Widerstand genauso stark war wie der Hegemon, und dass es nie über längere Zeit eine allein herrschende Weltmacht geben konnte, weil sie zwangsläufig immer einen Gegenspieler aufbaute, der ihr ungefähr ebenbürtig war. Hin und wieder trafen auf dem Telefon meiner Mutter die verrückten Nachrichten von Alexander aus Israel ein, die er seit ein paar Wochen schickte und an die wir uns mittlerweile gewöhnt hatten: Auf keinen Fall sollten wir in die Ukraine fahren, dieses Land voller antisemitischer Barbaren. Wir sollten umkehren, solange wir noch die Gelegenheit hätten.

An der ukrainischen Grenze gab es einen markierten Bereich, der so eng war, dass nur genau ein Auto durchfahren konnte. Davor standen zwei Schilder, direkt übereinander: Auf dem einen hieß es, dass man hier unbedingt halten müsse, auf dem zweiten, dass man hier um keinen Preis halten dürfe. Ich löste dieses Dilemma, indem ich zwar weiterfuhr, aber sehr, sehr langsam. Von links lief ein ukrainischer Grenzsoldat auf uns zu und rief etwas Unverständliches, wobei ein automatisches Gewehr vor seinem Oberkörper hin und her wackelte. Er wies aufgeregt auf die Schilder und redete abwechselnd auf Russisch, Ukrainisch und Polnisch auf uns ein. Wir hatten Deutsch, Englisch, Französisch und Spanisch im Angebot, und am Ende war das rudimentäre Schulrussisch meiner Mutter dann die Schnittmenge. Der Soldat verstummte erst, als er in unsere arglosen, westeuropäischen Wohlstandsgesichter schaute. In Deutschland hatten wir davon gehört, dass die ukrainischen Grenzer Geschenke erwarteten, aber wir hatten keine Vorstellung, in welcher Größenordnung wir uns bewegten. Waren zwanzig Euro zu viel? Fünf Euro zu wenig? Eine Packung Kaffee eine Beleidigung? Vor der Grenze hatten wir probehalber Geldscheine in unsere Pässe gelegt, sie wieder rausgenommen, wieder reingelegt und dann wieder rausgenommen. Als schließlich der Soldat mit seinem schmutzigen Gesicht und den gelben Zähnen vor uns stand, waren wir so nervös, dass wir völlig vergaßen, was er möglicherweise von uns wollte. Vielleicht sah er es uns an, und es rührte ihn, dass kurz eine bessere Welt aufblitzte, in der er ein stolzer Angestellter der Regierung war und kein Wegelagerer; eine Welt, in der ein Zivilist nicht selbstverständlich davon ausging, dass Soldaten korrupt waren. Jedenfalls spielte er diese schöne Fantasie für die Dauer einer Handbewegung mit und winkte uns fort. Vielleicht wollte er unsere westeuropäische Unschuld bewahren.

Unser Hotel lag in der ersten bewohnten Straße außerhalb der EU. Die Bar war schon geschlossen, als wir ankamen, also gingen wir sofort in unsere Zimmer. Draußen war alles dunkel. An der Wand neben unserem Bett hing eine Filmszene aus Disney's Snow White als gesticktes Landschaftsbild mit einem weißen Rokoko-Rahmen. Ich fotografierte dieses Bild, weil es mir vielsagend vorkam, ohne dass ich genau bestimmen konnte, wofür es stehen konnte. Es wirkte wie eine Installation auf einer europäischen Kunstbiennale. »Gibt es hier Bettwanzen?«, fragte Steph. »Das Zimmer sieht aus, als könnte es hier Bettwanzen geben.« Für Steph sahen damals alle Zimmer aus, als könnte es darin Bettwanzen geben, genauso wie alle Flugzeugsitze, Kinosessel und insgesamt alle Möbel. In Paris gab es gerade eine Bettwanzen-Plage, und auch ihre Wohnung in Belleville war verseucht. »Vielleicht«, sagte ich wahrheitsgemäß, »aber ich glaube es eigentlich nicht.«

Die erste Begegnung zwischen meiner Mutter und ihrer Schwester fand auf dem Innenhof unseres Hotels statt. Wie immer, wenn etwas Bewegendes vor sich ging, stellte ich mich an den Rand und verhielt mich passiv, um den anderen, die biografische Schlüsselmomente besser auskosten konnten als ich, möglichst viel Raum zu geben. Das groß gewachsene Kind, das Ljuda mitgebracht hatte und das sich als meine Cousine Katja herausstellte, machte es ganz genauso, und wir verstanden uns sofort. Wir umarmten uns, versicherten uns gegenseitig, wie unglaublich das alles war, und machten Gruppenfotos. Ljuda wies auf ihre Tochter und sagte: »Oh, and that's Katja. She's not very clever. She has no logic, only women's logic, you know. Kostja, my son, he is a clever boy but Katja is not.« Dann gab es nichts mehr zu sagen, und sie zeigte uns die Stadt.

Es gab eine kleine Altstadt, eine große Synagoge mit einer roten Fassade und eine noch viel größere orthodoxe Kathedrale mit goldenen Kuppeln auf der höchsten Anhöhe der Stadt. Direkt neben der Kathedrale lag die Nachbildung eines mittelalterlichen, transkarpatischen Dorfs, und Ljuda behauptete, dass es noch immer Dörfer wie dieses in den Bergen gebe, wo die Menschen auch heute noch auf traditionelle Weise ohne fließendes Wasser und Elektrizität abgeschnitten von der Zivilisation lebten. In den Häusern lagen verschiedene hölzerne Hausgeräte aus, von denen wir uns nicht erklären konnten, wozu sie wohl verwendet wurden. Wir betrachteten diese Gegenstände von allen Seiten und spekulierten über ihren Verwendungszweck. »Zum Waschen.« »Zum Brotbacken.« »Zum Bestrafen der Kinder.«

Der erste Tag, den wir mit unseren ukrainischen Verwandten verbrachten, war insgesamt schrecklich langweilig, aber im

Rückblick glaube ich, dass es sich um eine Art bürgerliche Kulturdisziplin handelt, gemeinsam Tage in Freilichtmuseen zu verbringen. Ich habe in meiner Kindheit unzählige solcher Tage erlebt und Steph auch und die kleine Katja sicher auch. Wenn man ein produktives Mitglied der Gesellschaft sein wollte, gehörte es dazu, dass man seine Belastbarkeit und Ausdauer auch in der Freizeit unter Beweis stellte. Dass man durch Innenstädte spazierte, Kathedralen besichtigte und mittelalterliche, transkarpatische Dörfer besuchte. Insofern war mir diese Eintönigkeit in gewisser Hinsicht willkommen. Sie erinnerte mich an meine Kindheit. Es gab uns auch ein Gefühl von Verbundenheit: Die Falbuschs, sie waren genau wie wir.

Später gingen wir in ein Restaurant, das aussah, als wäre es das beste der Stadt, wobei es vollkommen leer war und nur zwei Eintöpfe auf der Karte führte. Die Kellnerin stellte sich als ehemalige Schülerin von Ljuda heraus, die nie besonders gut in Englisch gewesen war. Offensichtlich hatte Ljuda keine hohe Meinung von ihr. Sie forderte sie auf, Englisch mit uns zu sprechen, obwohl sie doch eigentlich wissen musste, dass sie dazu nicht imstande war. Die Kellnerin schämte sich, schüttelte kaum sichtbar den Kopf, und die Szene zog sich viel zu lange hin. Ljuda schien ihrer ehemaligen Schülerin vorzuhalten, dass sie noch im Land war, sie hegte echten Groll gegen sie, weil sie, hätte sie in Englisch besser aufgepasst, längst überall sein könnte.

Am Abend besuchten wir zum ersten Mal Olga. Ihre Wohnung lag in der Innenstadt, direkt neben dem Amtssitz des Gouverneurs des Oblast Transkarpatien. Während wir vor der Tür standen und darauf warteten, dass Olga uns aufmachte, erzählte Ljuda, dass hier erst vor Kurzem ein neuer Gouverneur das Amt übernommen habe. An seinem ersten

Arbeitstag habe er die alte ukrainische Flagge, die auf dem Dach seines fünfstöckigen stalinistischen Palastes wehte, durch eine neue ukrainische Flagge ersetzt. Die neue Flagge war größer und sauberer als die alte. Das Gelb war leuchtender und das Blau heller und optimistischer und erinnerte an die Farbe eines wolkenlosen Himmels. Es war offensichtlich, dass sich die Ukraine im Aufbruch befand. Der Wandel war mit Händen zu greifen.

»Wir werden sehen, ob sich wirklich etwas ändert«, sagte Ljuda mit einer skeptischen Kopfbewegung in Richtung Gouverneurssitz. »Wahrscheinlich versorgt auch er erst mal seine Familie.«

»Seine Familie?«

»Wenn alles normal läuft, werden jetzt alle seine Geschwister, Neffen, Cousins zu Ministern und Staatssekretären. In unserem Oblast regiert immer nur eine Familie.«

»Aber das ist ja vollkommen grotesk.«

»So ist es aber. Wenn es eine Familie geschafft hat, die Macht zu übernehmen, versucht sie so viel öffentliches Eigentum an sich zu reißen, wie sie kann, bevor sie die Macht wieder verliert und die nächste Familie übernimmt. Der letzte Gouverneur hat das Schwimmbad von Uschgorod privatisiert. Die Eintrittsgelder gehen jetzt direkt an ihn.«

»Der Gouverneur hat das Schwimmbad gestohlen?«

»Sonst war ja kaum mehr was übrig. Es wird wie mit den Statuen sein. Siehst du die Statue da vorn auf dem Platz? Das ist der große ukrainische Dichter Taras Schewtschenko. Früher standen hier überall Statuen des großen russischen Dichters Lenin. Die haben sie alle ersetzt. Früher war Lenin der große Held, jetzt ist es Schewtschenko.« Ljuda hob die Schultern.

Mein Großvater Wjatscheslaw »Slawa« Falbusch ist im Jahr 1990 an einem Herzinfarkt gestorben. Kurz nach der Sowjetunion ist auch er zusammengebrochen. Er hatte diesen Herzinfarkt an dem potenziell besten Ort, um einen solchen zu haben: im Krankenhaus. Der Infarkt aber war so schwer, dass er trotzdem nicht gerettet werden konnte. Er war gerade einmal achtundvierzig Jahre alt.

Nach seinem Tod zog Olga allein in die Wohnung neben dem Palast des Gouverneurs und ging nie wieder eine Beziehung zu einem Mann ein.

Jetzt führte sie meine Mutter durch die Küche, das kleine Schlafzimmer und das Wohnzimmer. Als sie sah, wie meine Mutter sich alles genau anschaute, als wären es Artefakte – das Sofa mit dem Bezug aus grünem Samt, den dunklen Bücherschrank, die epochenübergreifenden Gemälde an der Wand –, sagte sie: »Ja, ja, das sind alles noch seine Möbel.«

»Woher wusstest du, dass das genau meine Frage war?«, fragte meine Mutter, aber Olga lächelte nur. Sie war zweiundsiebzig Jahre alt, für sie waren wir alle Kinder. Sie hatte kurze rote Haare, trug ein geblümtes Wickelkleid und war die Eleganteste von allen.

Im Schlafzimmer hing ein Porträt von Slawa als jungem Mann an der Wand, das einer seiner Freunde aus der Uni gemalt hatte, aus dem später ein berühmter Maler werden sollte, wie es Malern, deren Bilder man zufällig besitzt, ja durchaus häufig widerfährt. Auf dem Bild sitzt Slawa mit gebeugtem Rücken an einem Holztisch und schaut müde ins Leere. Er sitzt vor einem grünen Hintergrund, hat einen blauen Hals, knallrote Lippen, eine Nase, die so groß ist wie die von Adrien Brody, und er sieht ziemlich attraktiv aus. Auf dem Tisch vor ihm stehen ein leeres Weinglas und eine Blume in einer Vase. Das Glas und die Vase werfen jeweils lange

Schatten auf die Tischplatte, als gehe hinter dem Maler gerade die Sonne unter. Die Blume hat allerdings keinen Schatten, was vermutlich vermitteln soll, dass es sich bei ihr um eine Halluzination handelt, dass sie aber auch Symbol der Hoffnung und der Stärke ist.

»Jetzt sind wir zum ersten Mal alle zusammen«, sagte meine Mutter halb im Spaß, halb ehrlich ergriffen. Ich schaute von dem Bild auf und stellte fest, dass man das im übertragenen Sinne tatsächlich so sehen konnte. In diesem Moment standen Ljuda, Olga, Katja, Steph, meine Mutter und ich vor dem Bild von Slawa, der gewissermaßen auch im Raum war, aber als Einziger von uns keinen Schatten warf.

Im Wohnzimmer überreichte Olga meiner Mutter feierlich einen Stapel alter Fotoalben, in denen das Leben ihres Vaters fast von dem Zeitpunkt an dokumentiert war, an dem er Leningrad verlassen hatte. Meiner Mutter war ihr ganzes Leben lang eine Version der Geschichte aufgetischt worden, in der Slawa den Part eines selbstsüchtigen Gigolos übernahm, der rücksichtslos ostdeutsche Medizinstudentinnen schwängerte, nur um sich beim ersten Anzeichen von Problemen aus dem Staub zu machen. Allerdings war diese Geschichte ein wenig zu bequem für meine Großmutter, als dass sie wirklich wahr sein konnte, und meine Mutter war mit dem Vorsatz hergekommen, den Dingen auf den Grund zu gehen.

»Wieso ist Slawa damals eigentlich noch vor meiner Geburt aus Leningrad weg?«, fragte sie Ljuda.

»Soweit ich weiß, hatten ihre Eltern etwas gegen die Beziehung«, sagte Ljuda.

»Ihre Eltern? Mir wurde immer erzählt, es waren seine Eltern.«

»Soweit ich weiß, waren es ihre.«

»Aber was sollten meine Großeltern dagegen gehabt haben?«

»Er war Jude.«

»Ich weiß, dass er Jude war.«

»Na, da hast du es.«

»Aber meine Großeltern waren keine Antisemiten.«

Ljuda hob die Schultern. Dann führte sie meine Mutter durch die Fotoalben der Familie, in denen sich das Leben ihres Vaters auffaltete: Slawa an seinem Hochzeitstag. Slawa lesend in Lederjacke. Nach dem Ende seiner Leningrader Zeit hatte er in Uschgorod Psychologie studiert und seine Freizeit mit dem Schriftsteller Felix Krivin und dem Theaterregisseur Witja Dworzin verbracht. Felix Krivin avancierte später zu einem Autor bekannter Bücher. Er ist heute siebenundachtzig Jahre alt und lebt in Israel. Witja Dworzin übernahm später das Theater in Mukatschewo, der Regionalhauptstadt von diesem Teil Transkarpatiens und Machtzentrum der Mafia, und führte es bis 1994 als Intendant. Auf den Fotos sind Slawa und seine Freunde noch blasse Studenten und ziemliche Poser: Sie inszenieren sich abwechselnd wie zaristische Großgrundbesitzer oder amerikanische Beatpoeten.

Während wir die Fotoalben durchblätterten und Ljuda uns weit mehr Verwandte und Freunde vorstellte, als wir uns merken konnten, und Katja zwischen uns auf der Couch lag und mit ihren großen Augen alles betrachtete, holte Olga immer mehr Alben herbei und dann noch eins und noch eins: »Das ist seine Mutter, eine sehr strenge Frau. Das ist sein Bruder, er ist auch an einem Herzinfarkt gestorben. Das ist seine Frau, sie lag neben ihm, als er gestorben ist.«

»Sie lag neben ihm?«

»Er ist im Schlaf gestorben. Als sie aufgewacht ist, war er schon kalt.«

»Oh mein Gott!«

»Ja, ja. Und das ist Slawas Onkel Boris. Er ist dein Großonkel. Er ist sehr alt und arbeitet bei einer Bank in Moskau. Du musst ihn besuchen gehen. Wir haben ihm Bescheid gesagt. Er erwartet dich.«

»Der da?«

»Nein, nicht der. Das ist … Mama?«

»Ja?«

»Wer ist das hier eigentlich?«

Olga beugte sich über die Schultern von Ljuda und meiner Mutter und schaute auf das Bild: »Warte … keine Ahnung.«

»Was hat sie gesagt?«

»Sie weiß es nicht mehr.«

»Ich dachte, das sind alles Familienmitglieder.«

»Ja.«

»Aber dann müsstet ihr doch wissen… Wie kommt er denn auf das Foto?«

Ljuda hob die Schultern.

Auf einem anderen Foto lag Slawa in den Armen zweier Frauen, von denen ihm die eine mit der flachen Hand über den Kopf strich und die andere etwas müde in die Kamera schaute, während neben ihnen auf derselben Couch ein weiterer Mann saß, mit Hornbrille und aufgekrempelten Hemdsärmeln, und meinen Großvater missgünstig anlächelte.

»Er war immer gut mit Frauen«, sagte Ljuda. »Die Herzen flogen ihm einfach zu.«

Diese vier angetrunkenen Studenten auf der Couch trugen Perlenketten und gute Hemden mit schmalen Kragen und sahen aus wie Gäste auf einer Party von Truman Capote und Jackie Kennedy. Das musste ein deutlich anderer Kommunismus gewesen sein, als ihn die Deutschen erlebt hatten, dachte ich.

Uschgorod hatte immer den Vorteil, in einer geopolitisch völlig uninteressanten Region zu liegen, während sich der Kommunismus in Deutschland ständig behaupten musste. Für das, was hinter den Karpaten in Uschgorod vor sich ging, interessierten sich die Regierungen in Moskau und Washington eher nicht, und das war vielleicht das Beste, was einer Stadt damals passieren konnte. Lwiw, die nächstgrößere Stadt im Norden, liegt zweihundertfünfzig Kilometer entfernt, nach Budapest im Westen sind es noch einmal hundert Kilometer mehr, und im Osten und Süden gibt es überhaupt keine Städte, es sei denn, man zählt Czernowitz. Bis heute ist es ganz gleich, ob man das Auto, den Zug oder das Flugzeug nimmt: Von Berlin aus ist man immer mindestens elf Stunden unterwegs, obwohl die Distanz nicht größer ist als die nach Paris. Uschgorod im Oblast Transkarpatien im Westen der endlosen Ukraine ist vielleicht die abgelegenste Stadt Europas, auch wenn Ljuda bei unseren Spaziergängen immer wieder diesen Satz sagte: »Geografisch gesehen liegt Uschgorod genau in der Mitte Europas.«

Später drückte Olga meiner Mutter ein dreieckiges Stück Papier in die Hand, das meine Mutter ratlos hin und her wendete und das sich schließlich als Teil eines alten Briefumschlags herausstellte. Als Absender standen dort in der Handschrift meiner Großmutter ihr Name und ihre Adresse.

Berlin C2
Waßmannstr. 32
DDR

Obwohl es offensichtlicher nicht hätte sein können, fragte sie: »Ist das von meiner Mutter?«

»Sie hat ihm noch jahrelang geschrieben«, sagte Olga.

»Mir hat sie erzählt, dass sie nie wieder Kontakt hatten, nachdem er aus Leningrad weggezogen ist.«

»Sie wird dafür ihre Gründe gehabt haben.«

»Ich weiß nicht, was ich sagen soll. Mir ist etwas schwindlig.«

»Sie hat ihre Briefe immer auf Deutsch mit ›Lieber Slawa‹ begonnen«, sagte Olga und betrachtete meine Mutter voller freundlicher Anteilnahme, »und den Rest in exzellentem Russisch geschrieben.«

Am nächsten Abend besuchten wir zum ersten Mal Ljuda, die mit ihrem Mann und ihrer Tochter in einer kleinen Wohnung im Erdgeschoss eines sozialistischen Neubaus lebte. Die Straße, die zum Haus führte, war nicht asphaltiert, sodass sich im Laufe der Zeit tiefe Löcher gebildet hatten, die man nicht umfahren konnte. Für so ein Gelände war der Kleinwagen meiner Mutter schlicht nicht gemacht, und wir krochen mit einem halben Kilometer pro Stunde die Straße entlang. Der Wagen wurde ausdrücklich als Stadtauto für die berufstätige Frau beworben. Er war für die engen Innenstädte Westeuropas entworfen, für die Tiefgaragen in Hamburg und die Einbahnstraßen in Salzburg. Die ukrainischen Straßen waren für die demografische Gruppe, die Audi mit diesem Auto vor Augen hatte, nicht vorgesehen, und das bekamen wir jetzt zu spüren. Dass wir unsere üblichen Pfade verlassen hatten, war nicht zu übersehen.

Am Ende der unbefahrbaren Straße zählte ich fünf Wohnblöcke, an deren Fassaden Kabel, Satellitenschüsseln und Wäsche hingen. Im Schatten unter den Balkonen lagen ein paar müde Hunde. Zwei Mädchen, die gerade im Hinterhof verschwanden, drehten sich nicht allzu neugierig nach uns um.

»Hier?«, fragte ich und hielt den Wagen an, obwohl ich ehrlich gesagt nicht unbedingt aussteigen wollte.

»Hier müsste es sein«, sagte meine Mutter.

»Sicher?«

»Ich denke schon.«

»Aber welche Tür?«

»Ich habe keine Ahnung.«

»Hat sie dir keine Hausnummer gegeben?«

»Ich weiß nicht genau. Sie hat es mir aufgezeichnet. Schau: Hier ist unser Hotel, hier die Straße und hier sind wir abgebogen.«

»Aber meinst du wirklich, dass sie hier wohnen?«

»Wieso nicht?«

»Es sieht ein bisschen verkommen aus.«

»Ach was. In der DDR waren Plattenbauten heiß begehrt. Die Leute haben sich darum gerissen.«

In der Tür des ersten Blocks entdeckten wir meine zwölfjährige Cousine Katja, die uns beobachtete, als verliere sie langsam die Geduld mit uns, und uns mit einer knappen Kopfbewegung hereinwinkte. Katja wirkte immer leicht amüsiert, als würde sie einem etwas ansehen, das man sich selbst nicht eingestehen wollte, sodass man mit ihr sofort ein Geheimnis teilte. Das war sehr angenehm. Andererseits hatte ich schon zuvor festgestellt, dass ich in ausdruckslose Gesichter oft die wildesten Dinge projizierte.

Ljuda arbeitete gerade in der Küche, als wir die Wohnung betraten. Ein adipöser Kurzhaardackel sprang uns enthusiastisch an, und Katja warf sich wortlos auf die Eckcouch. Auf den ersten Blick wirkte die Wohnung kleiner, als sie wahrscheinlich war. Wegen der Hitze waren die Fenster mit Tüchern verhängt, und sie verdunkelten die Wohnung so stark, dass auch jetzt mitten am Tag die Lampen brannten und man das Gefühl hatte, man befände sich in einem Zelt in der Wüste. Auf einer Holzkiste stand ein unverkleideter Einbauherd, an den Wänden hingen Kabel, die Möbel waren ergraut, und tatsächlich sah die Wohnung, wie das ganze Viertel, ziemlich verarmt aus.

In einer Ecke des großen, zentralen Zimmers saß Ljudas Ehemann Wowa, aber weil Ljuda eine bestimmte Art hatte, auch dann nicht von ihrem Mann zu sprechen, wenn sie eigentlich von ihm sprach, wussten wir sehr wenig von ihm. Nur das: Er war Ingenieur und hatte eine schwere Krankheit hinter sich, die er nicht überlebt hätte, wenn er auf die ukrainischen Ärzte angewiesen gewesen wäre. Die Familie aber hatte Freunde in Budapest, die ihm einen Platz in einem ungarischen Krankenhaus organisiert hatten, und nur deshalb war er noch am Leben. Von der Krankheit war ein starkes Zittern in seiner linken Schulter zurückgeblieben. Der linke Arm war im Grunde vollkommen nutzlos; mittlerweile arbeitete er nicht mehr als Ingenieur, sondern in einer Behörde, die für die lokale Stromversorgung zuständig war. Wenn wir Ljuda fragten, was er da genau mache, behauptete sie, es sei schwierig zu erklären. Außerdem sprach er kein Wort Englisch, weshalb sich unser Verhältnis nie richtig entfaltete.

Meine Mutter gesellte sich sofort zu Ljuda in die Küche, um sich alles abzuschauen, was man als ukrainische Frau wissen musste. Sie hatte einiges aufzuholen: Sie war als deutsche Sozialistin aufgezogen worden, fühlte sich aber neuerdings als ukrainische Jüdin, die den größten Teil ihres Lebens im falschen Körper verbracht hatte. Seit ihrer Jugend hatte sie das unbestimmte Gefühl, das Leben einer Fremden zu führen und darin nie ganz aufgehen zu können, ganz gleich, wie sehr sie sich bemühte. Sie war mit der Ahnung aufgewachsen, im Kreißsaal vertauscht worden zu sein und als müsse es irgendwo eine andere Frau in ihrem Alter geben, die sich dieselben Fragen stellte. Weil es allerdings in ihrem Bekanntenkreis niemanden gab, der dieses unbestimmte, gesichtslose Gefühl nachvollziehen konnte, hatte sie sich entschieden, nicht weiter darauf zu achten. Vielleicht war es letzten Endes so, sagte sie sich, dass sich niemand hundertprozentig wohl in seiner Haut fühlte und dass diese Distanz zu sich selbst, dieser verwunderte Blick von außen auf das eigene Leben den modernen Menschen gerade auszeichnete. Schließlich musste man als Tochter, Studentin, Ehefrau, Angestellte und Staatsbürgerin so viele verschiedene Rollen ausfüllen, dass es womöglich ganz natürlich war, nicht zu wissen, wer man in Wirklichkeit war.

Diese Theorie hielt allerdings nur so lange stand, bis sie Ljuda kennenlernte und zum ersten Mal eine Geborgenheit erfuhr, von der sie geglaubt hatte, dass sie nicht existierte. Dass das im Widerspruch zu allem stand, was sie über Vererbung und kulturelle Prägung zu wissen glaubte, irritierte sie nur kurz. Wie war es möglich, dass sie sich mit Ljuda unterhalten konnte, als habe sie nie etwas anderes getan, obwohl sie sich nie zuvor begegnet waren? Dass Pelmeni und Schaschlik nach Kindheit schmeckten, obwohl sie diese Kindheit nie gehabt hatte? Dass sie bei der besonderen Betonung, mit der Olga ihre Enkelin Katja zu sich rief, Gänsehaut bekam, als sei sie ihr ganzes Leben genau auf diese Weise gerufen worden?

Auf ihrem Telefon traf eine neue Nachricht von Sanja aus Israel ein.

»Ihr seid in der Ukraine nicht sicher! Ich meine es ernst! Kehrt um!«

»Wir sind schon da«, schrieb meine Mutter fröhlich zurück, »deine Schwester lässt schön grüßen.«

»Dann müsst ihr das Land verlassen, so schnell ihr könnt. Die Ukrainer hassen die Juden! (Grüße zurück.)«

Seit sich Ljuda und meine Mutter vor drei Monaten das erste Mal geschrieben hatten, hatten sie täglich Nachrichten ausgetauscht. Sie trugen beide jederzeit ihr Telefon bei sich und teilten eine Leidenschaft für Online-Chats. Sie schickten sich unentwegt Fotos ihrer Kinder und Eltern, sie hielten einander darüber auf dem Laufenden, was sie aktuell machten, wo sie sich aufhielten und was sie als Nächstes machen würden, und sie entdeckten ihr gemeinsames Interesse am Schicksalhaften.

»Endlich ist mir klar, warum ich immer Lehrerin werden wollte, obwohl meine Eltern ausdrücklich dagegen waren«, schrieb meine Mutter an ihre Schwester. »Es kommt daher, dass mein Vater Psychiater war. Wie ich hatte er sein Leben dem Projekt verschrieben, den Schwachen unter die Arme zu greifen.«

»Und mir ist endlich klar, warum ich als Jugendliche unbedingt Englischlehrerin werden wollte«, schrieb Ljuda zurück. »Um jetzt auf diesen Moment vorbereitet zu sein und mich mit meiner deutschen Schwester unterhalten zu können.«

In den Wochen vor unserer Reise hatte meine Mutter mehrere Abende ausgerichtet, für die sie sich in einem russischen Feinkostladen in Berlin-Marzahn eindeckte. Sie lud die Nachbarn, ihre russische Kosmetikerin und ihre Kinder ein und servierte importierten Wodka, russisches Gebäck, Schaschlik-Spieße und Salat Olivier. Die Spieße und den Salat richtete sie dabei genau so an, wie Ljuda es ihr im Chat erklärt hatte.

»Sieht das nicht original ukrainisch aus?«, fragte sie zufrieden.

»Das kann ich wirklich nicht einschätzen«, sagte ich.

Jetzt saß ich auf Ljudas Couch zwischen Steph, die versuchte, sich ihre Abscheu vor Hunden nicht anmerken zu lassen, und Wowa, der mir manchmal zunickte. Um nicht stumm vor mich hin zu starren, betrachtete ich Ljuda und meine Mutter, die auch jetzt, da sie sich physisch gegenüberstanden, ständig miteinander sprechen konnten, ohne dass sich Pausen ergaben. Ihre Gesichter ähnelten sich nicht im Geringsten, aber sie hatten dieselben krausen Haare, denselben Körperbau und dieselbe Art, mit den Händen zu sprechen. Ich schaute ihnen eine Zeit lang zu und befand schließlich, dass es keinen Zweifel geben konnte: Sie waren Schwestern. Sie verwendeten sogar dieselbe ausdrücklich geduldige Tonlage, wenn sie jemandem einen nicht besonders komplizierten Sachverhalt erklärten, zum Beispiel dass man eine Schüssel von der Anrichte nehmen und auf den Esstisch zwischen die Schaschlik-Spieße und den Salat stellen sollte: langsam und deutlich, als hätten sie einen Idioten vor sich. Ljuda redete auf diese Weise mit Katja, und meine Mutter redete auf diese Weise mit mir. Als Teenager hatte mich diese spezielle Redeweise in den Wahnsinn getrieben. Heute ging ich damit gelassener um und nahm meine Mutter, wie sie eben war.

Als Letztes tauchte Kostja auf, der mein Cousin war und außerdem ein neunzehnjähriger Junge in T-Shirt und kurzen Hosen. Er schlurfte auf ausgewaschenen Socken um den Tisch, legte kurz seine Hand in unsere, wobei er kaum lächelte, setzte sich neben seinen Vater, tauschte mit ihm ein paar Bemerkungen auf Russisch aus. Von uns allen stand er der sensationellen Geschichte, die wir gerade durchlebten, am unenthusiastischsten gegenüber. Er ging in Israel zur Schule, verbrachte die Sommerferien aber gerade zu Hause. Jetzt schaute er kurz zum Essen vorbei und zog sich danach sofort wieder in sein Zimmer zurück, um mit Freunden, die in Israel und der Ukraine in ihren Zimmern saßen, ein

Multiplayer-Game zu spielen. Kostja wirkte wie der ausgeglichene Typ, der einem jederzeit aus dem Nichts einen Vortrag über ein sehr spezifisches Thema halten konnte, über Virtual Reality vielleicht oder Kolonialismus, der dazu aber andererseits keine besondere Notwendigkeit sah. Aus diesem Grund war es nicht unbedingt einfach, mit meinem Cousin ins Gespräch zu kommen.

»Also, Kostja, seit wann bist du wieder hier?«, fragte ich.

»Fast zwei Wochen.«

»Dann sind die Ferien also fast vorbei?«

»Ja.«

»Und wie kommt man eigentlich von hier nach Israel?«

»Das ist kein Problem. Mit dem Zug nach Kiew und dann mit dem Flugzeug. Vierzehn Stunden, und man ist da.«

Dass Kostja in Israel lebte und nicht bei seiner Familie, ist schnell erklärt: Als Russland zwei Jahre zuvor die Krim besetzt hatte, verfügte die Ukraine über keine nennenswerte Armee, schließlich hatte sie nie eine gebraucht. Sie hatte sich immer auf Russland verlassen können. Als allerdings plötzlich russische Soldaten im Osten des Landes auftauchten und Städte und Dörfer beschossen, fing die ukrainische Regierung eilig an, junge, wehrtüchtige Männer zu rekrutieren, Männer wie Kostja. In einigen Städten sollen Vertreter der Armee normale Linienbusse angehalten haben und allen jungen Männern, die zufällig gerade darin saßen, eine Einberufung in die Hand gedrückt haben.

Um ihren Sohn in Sicherheit zu bringen, schickte Ljuda ihn, so schnell es ging, nach Israel und meldete ihn in einem Internat in der Nähe von Haifa an, das er jetzt seit zwei Jahren besuchte. Mittlerweile war sein Hebräisch besser als sein Englisch, und in wenigen Wochen würde er die israelische Staatsbürgerschaft bekommen und wäre vor der ukrainischen Armee in Sicherheit. Im Gegenzug würde er bald seinen Wehrdienst in der israelischen Armee antreten. Sein abweisendes Verhalten gefiel mir eigentlich ganz gut, vermutlich hätte ich in seinem Alter auch versucht, mich auf ähnliche Weise unantastbar zu machen.

»Also, wie ist das Leben in Israel?«

»Gut.«

»Ist es besser als hier?«

»Ja.«

»Okay. Alles klar.«

Als wir wieder im Hotel waren, löste Kostjas ausgestelltes Desinteresse bei Steph allerdings einen ihrer Wutanfälle aus, für die sie sich am nächsten Tag immer mehrmals entschuldigte, obwohl es wirklich sehr moderate Wutanfälle waren. Wenn man sie nicht so gut kannte wie ich, konnte einem leicht entgehen, dass es sich überhaupt um Wutanfälle handelte.

»Ich weiß nicht, was ich dazu sagen soll«, sagte sie voll perfekter Selbstbeherrschung. »Katja läuft den ganzen Tag mit uns durch die Stadt, will alles erfahren, saugt alles auf und wird uns als das weniger talentierte Kind vorgestellt. Dabei lernt sie sogar Deutsch. Wusstest du, dass sie deutsch spricht?«

»Nein, das wusste ich nicht.«

»Und weißt du, warum du es nicht weißt? Weil sie es nicht gleich jedem auf die Nase bindet, deshalb. Weil sie nicht rumläuft und allen ihr Innenleben aufdrängt, als wäre es die wichtigste Sache der Welt. Weil sie sich aus einer Kultur heraushält, in der man ständig aufgefordert wird, sich mitzuteilen und sein Innerstes nach außen zu kehren. Ich musste Katja von den anderen weglotsen, um ein wenig mit ihr zu sprechen. Ich musste mehrmals nachfragen, bevor sie zugegeben hat, dass sie Deutsch lernt. Sie ist hier die Cleverste von allen. Aber wen sollen wir bewundern? Den großen Bruder, der den ganzen Tag in seinem Zimmer sitzt und Multiplayer-Games spielt.«

Natürlich sprach sie eigentlich über sich selbst. All die Dinge, die sie über Katja sagte, trafen auch auf sie zu: Auch sie musste sich in ihrer Kindheit unentwegt der relativ unverhohlenen Aufforderung erwehren, mehr aus sich herauszugehen und sich von den anderen nicht so sehr zu isolieren. Stephs Mutter fürchtete, dass ihr verträumtes, stilles Kind, das den ganzen Tag zu Hause saß und Bücher las, später im Leben Schwierigkeiten bekommen würde, wenn es nicht mehr unter Leuten war, weshalb sie Steph erst in die Theatergruppe schickte, was wirklich traumatisch war, und später zum Volleyball, was nicht ganz so traumatisch war. Steph absolvierte folgsam das ganze Programm, und mindestens fünf Jahre lang gab es niemanden, der auch nur den geringsten Anlass gefunden hätte, sie für absonderlich zu halten.

Später studierte sie Wirtschaft auf einer privaten Hochschule, und als sie zweiundzwanzig war, arbeitete sie bereits als Wirtschaftsprüferin bei Ernst & Young in Luxemburg. Für mich und alle anderen Ostdeutschen, die ich kannte, war Luxemburg damals nicht viel mehr als ein Wort, und zwei von drei Freunden, denen ich erzählte, dass meine französische Freundin in Luxemburg arbeitete, konnten nicht genau sagen, wo dieses Land genau lag und ob sie es nicht vielleicht mit Liechtenstein verwechselten. Für zwanzigjährige Franzosen, die es in der Finanzwelt zu etwas bringen wollten, war Luxemburg hingegen das ganz große Los. Das Land war das wichtigste Steuerparadies der EU, und zahllose Konzerne, Banken und Hedgefonds unterhielten hier ihre Europa-Zentralen. Wenn man hier als Wirtschaftsprüfer anfing, hatte man vom ersten Tag an Einblick in die Bilanzen von saudi-arabischen Immobilienfonds, staatlichen chinesischen Großinvestoren oder alteingesessenen dänischen Handelskonzernen.

Außerdem betrieb Ernst & Young einen riesigen Aufwand, um seinen Rekruten einzuschärfen, dass sie die Besten der Besten waren. Die Firma veranstaltete spezielle Wochenenden in luxuriösen Spas, in denen ältere Mitarbeiter den Neuankömmlingen erzählten, wie außergewöhnlich sie waren und dass man jeden hätte nehmen können, sich aber gegen die Abertausenden anderen jungen Absolventen entschieden hatte, die sich auf dieselbe Stelle beworben hatten. Die Firma veranstaltete sogar ein Fotoshooting, auf dem sämtliche neue Rekruten in ihren Businessuniformen abgelichtet wurden, um dieses Foto in Luxemburger Tageszeitungen als doppelseitige Anzeige zu veröffentlichen und die Ankunft der neuen Hoffnungsträger im ganzen Land bekannt zu machen. Es war für Steph, kurz gesagt, der blanke Horror.

Nach etwas über einem Jahr kündigte sie ihren Job, zog nach Paris, mietete ein winzig kleines Apartment und schrieb sich an der Sorbonne für Philosophie ein. Sie belegte Creative-Writing-Kurse bei Dominique Barbéris, fing an, Gedichte zu schreiben, und gewann zwei Mal in Folge den Prix du Concours international de poésie de la Sorbonne. Nachdem sie den Preis zum zweiten Mal gewonnen hatte und nun offiziell auch in dieser Branche als besonderes Talent galt, lud sie ein bekannter französischer Schriftsteller zum Essen ein, doch sie sagte ab, weil sie an dem Abend früh ins Bett wollte.

Am vierten Tag unternahmen wir unseren ersten Ausflug aufs Land. Wir saßen zu sechst in unserem Kleinwagen und brausten gut gelaunt wie in einem italienischen Film über die völlig verwaiste transkarpatische Autobahn. In den dreißig Minuten, die unsere Fahrt dauerte, kamen uns nur drei oder vier Autos entgegen, und so weit man schauen konnte, erhoben sich grüne, saftige Hügel in der Landschaft, die in ukrainischen Schlagern bestimmt schon oft besungen worden sind. Ich saß am Steuer, Steph wurde der Beifahrersitz zugewiesen, und Katja saß auf ihrem Schoß. Immer wieder schaute ich zu Katja hinüber, in der vergeblichen und unbegründeten Hoffnung, sie würde vielleicht von sich aus ein paar Worte Deutsch sprechen.

Am letzten Kreisverkehr vor den Stadtgrenzen von Uschgorod stand ein Panzer am Straßenrand. Es war der erste aktive Panzer, den ich in meinem Leben zu Gesicht bekam, und meine Reaktion war einigermaßen hysterisch. Mein unmittelbarer Reflex bestand darin, mich, so gut ich konnte, darauf zu konzentrieren, was dieses Erlebnis in mir auslöste, um es später bei Gelegenheit möglichst wahrhaftig beschreiben zu können. Ich erinnere mich, dass der Panzer eine offene Einstiegsluke hatte und dass er von zwei blassen, schmächtigen, kurz geschorenen Soldaten umrahmt wurde, denen ihre Uniformen sichtlich zu groß waren und die ich auf höchstens fünfundzwanzig schätzte. Vielleicht waren sie aber auch erst siebzehn oder achtzehn.

»Soll ich ein Foto machen?«, fragte meine Mutter angstvoll von der Rückbank.

»Ja«, rief ich.

»Nein«, rief Ljuda ungefähr gleichzeitig.

Meine Mutter suchte ihr Smartphone in der Handtasche, blieb im Gurt hängen, verzettelte sich, machte Geräusche wie ein grimmiger Wachhund, fand schließlich das Telefon, zog es aus der Tasche, öffnete die Schutzhülle, aktivierte die Kamerafunktion und drückte dann ein paarmal mit dem Zeigefinger auf den Auslöser, auf dieselbe Art, wie man immer wieder auf einen Klingelknopf drückt, wenn man dringend reingelassen werden möchte. Dann stellte sie fest, dass sie ausschließlich verwischte Fotos vom Innenraum ihres Autos aufgenommen hatte, und senkte enttäuscht die Schultern.

»Wollen wir umdrehen?«, fragte sie auf Deutsch und ging, ohne meine Antwort abzuwarten, sofort dazu über, in Worte zu fassen, was in ihr vorging. »Ich habe richtige Gänsehaut. Das ist schon noch mal was ganz anderes als in Berlin.«

»Du hast in Berlin einen Panzer gesehen?«

»Auf der Straße des 17. Juni, da stehen doch diese russischen Panzer.«

»Das sind Denkmäler!«

»Ja, sage ich doch, etwas völlig anderes.«

»What?«, fragte Ljuda, und ich erklärte ihr, dass meine Mutter, wenn sie die stillgelegten Panzer am russischen Mahnmal in Berlin sah, etwas völlig anderes empfand als jetzt gerade eben. Dann schaute ich in den Rückspiegel, um Ljudas Gesichtsausdruck zu deuten, aber es war unmöglich abzuschätzen, was in ihr vorging und ob sie sich überhaupt für unsere umständlichen Gedankengänge interessierte oder nur aus Höflichkeit gefragt hatte.

Ich musste an eine wahre Begebenheit denken: Auf dem Heimweg von einer geisteswissenschaftlichen Konferenz im Haus der Kulturen der Welt war ich einmal mit dem Fahrrad die Straße des 17. Juni in Richtung Brandenburger Tor gefahren, als ein etwa zehnjähriger Junge genau in dem Moment, an dem ich das Panzer-Denkmal passierte, eine Flagge der russischen Föderation in die Luft reckte und »Ross-i-ja, Ross-i-ja« rief wie bei einem Fußballspiel. Ich kam von hinten, die Flagge wickelte sich um meinen Kopf, ich stürzte fast vom Rad, und ich erinnere mich, dass ich damals sofort gedacht habe, dass dieser Unfall sehr metaphorisch gewesen wäre und für jemanden wie mich, der eine gewisse Schwäche für Metaphorik hatte, insgesamt kein schlechter Tod.

»Hier war übrigens die Schießerei«, sagte Olga und machte eine Handbewegung in eine unbestimmte Richtung. Ich bildete mir ein, die Stelle von den Bildern, die ich in den Abendnachrichten gesehen hatte, wiederzuerkennen. Rechts und links der Straße gab es zwei Hügel, die alle anderen ein bisschen überragten und zwischen denen die Straße zu einer relativ scharfen Kurve ansetzte. Es kam mir vor wie ein Ort, der für einen Hinterhalt auf ukrainische Soldaten gut geeignet war, wenngleich ich dazusagen muss, dass ich wahrlich kein Experte bin und mich selbst fragte, worauf meine Einschätzung eigentlich beruhte.

»Stellt euch vor, ihr wärt nicht gekommen wegen dieser Schießerei«, sagte Ljuda. »Jetzt seht ihr: Es war überhaupt nicht der Rede wert.«

»Wir haben uns gefragt, warum der Rechte Sektor die Armee überhaupt beschießt«, sagte ich, weil ich mich vor unserer Reise in die Problematik eingelesen hatte, allerdings nicht sehr lange, weil es, je mehr man las, immer komplizierter wurde und ich letztlich nicht genügend Geduld hatte. »Sind die Faschisten in Kiew denn nicht eigentlich Koalitionspartner der neuen Regierung?«

»Ja, ja. Sie haben wegen des neuen Gouverneurs gekämpft. Den neuen kennt hier niemand. Er hat alle entlassen und die Routen geschlossen.«

»Welche Routen?«

»Die Schmuggelrouten in die EU, vor allem für Zigaretten. Die sind der größte Wirtschaftszweig der Gegend. Wer die Grenzen kontrolliert, ist der Boss. Aber der neue Gouverneur kommt nicht von hier, er hat keine Familie hier und nimmt keine Rücksicht darauf, wie die Dinge in diesen Teilen des Landes laufen. Es gibt jetzt neue Grenzer und neue Polizisten. Und die Geschäfte der Mafia laufen schlecht.«

»Ist das nicht eigentlich eine gute Sache?«

»Ich bin mit den Mafiosi aufgewachsen. Wir haben als Kinder miteinander gespielt und sind zusammen in die Schule gegangen. Es sind gute Jungs.«

Wir fuhren links ab und folgten Olgas Anweisungen, die uns gelassen immer weiter ins Hinterland führte, wo die Dörfer immer kleiner wurden, bis sie nur noch aus einem einzigen Haus bestanden. An asphaltierte Straßen war schon lange nicht mehr zu denken.

»Wohin fahren wir eigentlich genau?«, fragte ich nach einer Weile, weil sich einfach kein Ziel abzeichnen wollte.

»Zu Djadja Borja«, sagte Katja, und meine Mutter rief vom Rücksitz: »Oh, sie spricht!«, und dann lachten wir alle etwas zu laut.

Djadja Borja war der Besitzer des Bauernhofs, in dem mein Großvater Slawa seine Sommerurlaube verbracht hatte. Der Hof lag in einem Tal, das von dicht bewaldeten ukrainischen Hügeln eingeschlossen war, und weil ich auf der Fahrt die Orientierung vollkommen verloren hatte, schaute ich reflexartig auf mein Telefon, um mir von einem GPS-Satelliten die genaue Position anzeigen zu lassen, obwohl ich eigentlich schon seit Tagen wusste, dass das in der Ukraine nicht funktionierte. Der Hof bestand aus zwei weiß gestrichenen Wohnhäusern mit spitzen Dächern, die aus derselben Baureihe stammten wie die meisten Häuser in Ostdeutschland, sodass vor meinem geistigen Auge kurz die wahren Ausmaße des sowjetischen Imperiums aufblitzten. Vor der Garageneinfahrt saß ein heruntergekommener Mann, der aus einer verbeulten Schüssel einen Eintopf löffelte. Als wir unser Auto direkt vor seinen Füßen parkten, schaute er kaum auf, und obwohl ich ihn ziemlich lange aus der Entfernung musterte, war ich mir bis zum Schluss nicht sicher, ob er geistig behindert war.

Djadja Borja und seine Frau hatten mit den Falbuschs seit Jahrzehnten eine Abmachung: Die Falbuschs konnten ihre Wochenenden hier verbringen oder ihre Kinder hier unterbringen, wenn sie verreisten, dafür halfen die Kinder bei der Ernte. Der Motor lief noch, als Katja aus dem Auto sprang, Djadja Borja umarmte, in den Stall rannte, um ein schüchternes Kalb zu streicheln, und sich dann etwas Trinkwasser aus einem offenen Hahn zu holen, der mitten im Garten aus der Wiese ragte. Der Garten, in dem sich im Sommer das Leben abspielte, war von einem Schuppen, einer Terrasse und einer Schaukel begrenzt, doch dahinter erstreckte sich das Grundstück in jeder Richtung noch ein paar Hundert weitere Meter. Dort standen mehr Obstbäume, als ich auf einen Blick zählen konnte, und es war offensichtlich, dass das Ehepaar die Erntesaison nicht allein würde bewältigen können.

Vom Hof aus liefen wir tiefer in den Wald, und je weiter wir vorrückten, desto höher stand das Gras, und die Luft wurde mit jedem Schritt feuchter. Auf dem freien Land war die Hitze trocken und geschmacklos, aber hier im Wald war die Luft voller Aromen. Wir überquerten eine kleine Brücke, und auf der anderen Seite – mitten im Wald, direkt an einem klaren Wildbach – stand ein überdachter Holztisch auf einem massiven Fundament aus Beton. Jetzt befanden wir uns tatsächlich am Ende der Welt. Man hörte nur das Plätschern des Wassers, das Rauschen der Blätter und hin und wieder einen Vogel, trotzdem war alles um uns herum ständig in Bewegung wie in einem Kaleidoskop. Zu Ljuda sagte ich, dass das ein sehr schöner Ort sei und dass wir solche Wälder in Deutschland nicht mehr hätten, weil sie von den Deutschen nach dem Krieg größtenteils abgeholzt und verbrannt worden seien. Unsere Wälder erinnerten jetzt eher an monokulturelle Baumplantagen. Ich hätte zu diesem Komplex noch einiges mehr sagen können, aber Ljuda sah aus, als machte es ihr eine gewisse Mühe, sich auf das Thema zu konzentrieren, das ich da angeschnitten hatte.

Später fand ich heraus, dass der ukrainische Nationaldichter Taras Schewtschenko Waldidyllen wie diese in seinen Gedichten immer wieder beschrieben hatte, wenn er nicht gerade in einem russischen Arbeitslager steckte, was sehr häufig der Fall war. Ich habe den Verdacht, dass die Biografie des Nationaldichters viel über die Seele eines Landes aussagen kann, auch wenn man diese Dinge nicht überbewerten sollte. Goethe zum Beispiel ist in eine bürgerliche Familie ohne materielle Sorgen hineingeboren worden, hat als junger Mann einen Briefroman über die Vergeblichkeit romantischer Liebe geschrieben, sich bei erster Gelegenheit vom Hofe anstellen lassen und den Rest seines Lebens die stille Harmonie bewundert, die der Natur innewohnt und die der Mensch nie vollständig wird begreifen können. Und das, finde ich, beschreibt die Deutschen eigentlich ganz gut.

Taras Schewtschenko hingegen ist als Leibeigener zur Welt gekommen, hat nie wirklich eine Schule besucht und seine Jugend in bitterer Armut in einem abgelegenen Bergdorf verbracht, wo er von seinen Lehrern unentwegt geschlagen wurde. Weil er ein hoch talentiertes Genie war, hat er sich mit der Zeit zum Hausdiener eines Gutsherrn hochgearbeitet, der ihm sogar ein eigenes Zimmer zur Verfügung stellte, allerdings unter einer Bedingung: Er durfte weder malen noch schreiben oder singen. Schewtschenko hielt sich jedoch nicht an die Abmachung und malte, schrieb und sang in seinem Zimmer pausenlos vor sich hin.

Sein Glück war, dass sein Besitzer erkannte, dass er ein talentierter Künstler war, und ihm erlaubte, sich aus der Leibeigenschaft freikaufen zu lassen, sofern er einen Gönner fände. Seine Freunde sammelten Geld, selbst die kaiserliche Familie steuerte etwas bei, und schließlich wurde er für zweitausendfünfhundert Rubel aus der Leibeigenschaft entlassen. Dass er weniger gekostet hatte als ein gesundes Pferd, konnte Taras Schewtschenko jedoch nie verwinden, weshalb er überwiegend wütende Gedichte schrieb. Auf all den Büsten und Statuen, die man heute in der Ukraine auf jedem Marktplatz findet, sieht Schewtschenko immer noch sehr grimmig aus. Die zweite Hälfte seines Lebens verbrachte er zum guten Teil in der Verbannung in Kasachstan, wohin ihn der Zar schickte, obwohl er ihn ja gerade erst aus der Leibeigenschaft befreit hatte. Und all das erklärt vielleicht, wieso in den Gedichten von Taras Schewtschenko, die bis heute an nahezu jeder ukrainischen Schule gelesen werden, so häufig davon die Rede ist, dass seine ukrainischen Landsleute ihre Ketten abwerfen und Russland in Schutt und Asche legen sollten.

Olga und Ljuda stellten ihre Taschen ab und erklärten, dass dies der Ort sei, an dem mein Großvater heiße Sommertage wie diesen verbracht hatte. Wenn es in der Stadt nicht mehr auszuhalten war, sei er mit seiner Familie und seinen Freunden hierhergekommen, um Schaschlik zu essen, Cognac zu trinken, Lieder zu singen und betrunken in den Bach zu fallen. Olga und Ljuda hatten uns an einen der privatesten Orte ihrer Familie geführt, und erst jetzt fiel mir auf, dass die Frauen uns nicht nur einfach herumführten: Sie trauerten.

Während sie die Getränke zum Kühlen in den Bach stellten, bewegten sie sich auf eine besondere Weise: Sie sprachen leise und mehr zu sich selbst, sie sahen einander nicht an und blickten auf einen unbestimmten Punkt vor ihren Füßen. In diesem Moment stand mir zum ersten Mal bildlich vor Augen, dass diese Familie auch fünfundzwanzig Jahre nach Slawas Tod immer noch unvollständig war und dass mein Großvater eine wunde Stelle hinterlassen hatte, die noch immer nicht ganz verheilt war. Das hier war vor allem Slawas Ort gewesen. Es war Slawa, der hier seine Pausen von der sowjetischen Wirklichkeit eingelegt hatte, und es gab wahrscheinlich keinen Ort, an dem seine Abwesenheit so präsent und überwältigend war wie hier. Einen Meter neben dem Tisch stand ein junger, rußverschmierter Ukrainer am Grill und bereitete Kartoffeln und Speck zu. Er trug eine Armeehose und beachtete uns kaum, und je später es wurde, desto weniger beachteten wir ihn.

Als Erster setzte sich Djadja Borja an den Tisch und winkte uns energisch zu sich. Er wirkte ein wenig ungeduldig, vielleicht bekam er nicht besonders häufig Besuch hier draußen. Er hielt eine alte Ein-Liter-Plastikflasche in die Höhe und fragte feierlich, wer Wein wolle. Steph, der seit unserer Ankunft nichts als Wodka und Cognac angeboten worden war, hielt ihm unwillkürlich ihr Glas entgegen und ließ sich etwas von der trüben, graurosa Flüssigkeit einschenken, die sich in der Flasche befand, und weil ich mein Glas nicht rechtzeitig bedeckte, bekam ich auch etwas ab. Djadja Borja wies mit dem Daumen über seine Schulter stolz in Richtung Hof und sagte etwas auf Russisch. »Hausgemacht«, sagte Ljuda und nickte nachdrücklich. Der Wein hatte einen beißenden Geschmack, und nach jedem Schluck blieb auf der Zunge ein benzinartiger Belag zurück.

Djadja Borja trug eine kurze, ausgeblichene Hose, ein altes blaues Unterhemd, und seine Augen waren fast vollkommen zugeschwollen. Er lebte seit über drei Jahrzehnten in diesem Dorf im westukrainischen Hinterland, und wie die anderen Männer, die hier in ihren Gärten saßen, war er dem Naturzustand so nahe, wie es eben ging. Er wirkte sanft, und man war gern in seiner Nähe, auch weil er dauernd Witze riss und uns mit seinem selbst gemachten Wein aufzog. Er gab die Flasche den ganzen Tag nicht mehr aus der Hand und startete bei jeder Gelegenheit neue Anflüge auf unsere Gläser. Vor allem auf Steph hatte er es abgesehen, wahrscheinlich weil man ihr am ehesten ansah, wie sehr sie unter dem Wein litt.

»Ich war sehr erleichtert, als ich gesehen habe, dass du ganz normal bist«, sagte Ljuda zu Steph. »Als ich gehört habe, dass wir Besuch aus Paris bekommen, dachte ich: Oh Gott, Paris! Was wird sie wohl essen wollen? Wird sie sich bei uns wohlfühlen? Aber du bist ganz normal.«

Steph lächelte: »Paris ist voller normaler Leute«, sagte sie. »Warst du schon mal da?«

»Ich? Nein«, sagte Ljuda und hob die Augenbrauen, als sei eine Reise nach Paris etwas Anstößiges.

»Ich war mal da«, sagte Olga und winkte ab. »Ich habe es nicht gemocht. Zu viele Schwarze.«

»Woher kennt Onkel Boris eigentlich all diese deutschen Wörter?«, fragte meine Mutter, und Ljuda übersetzte ihm die Frage. In kurzen Sätzen, zwischen denen er lange Atempausen einlegte, erzählte er etwas, und Ljuda übersetzte.

»Er war Soldat … Deutschland … Thekla … Thekla?«

»Bei Leipzig gibt es einen Ort namens Thekla«, sagte ich.

»Leipzig!«, rief Djadja Borja.

Als junger Mann war Djadja Borja Soldat der Roten Armee gewesen und hatte ein paar Jahre in einer sowjetischen Kaserne bei Leipzig gelebt, ungefähr zur selben Zeit, als Wladimir Putin als Agent in Dresden stationiert war. Anders als die Soldaten der Amerikaner, die durch die deutschen Innenstädte spazierten, deutsches Bier tranken und deutsche Frauen kennenlernten, war den russischen Soldaten allerdings jeglicher Kontakt mit der einheimischen Bevölkerung untersagt, was ich mir nur so erklären kann, dass die Russen die Deutschen auch nach der Niederlage noch für unberechenbar und gefährlich hielten. Vielleicht fürchteten sie, dass der Faschismus ihre Soldaten verführen würde, während die Amerikaner völlig unbesorgt waren. Jedenfalls sprach Djadja Borja auch nach all den Jahren in Deutschland praktisch kein Wort Deutsch. Alles, was er sagen konnte, waren die Wörter »Autobahn«, »Berliner Ring«, »trinken« und »Mädchen«, aber diese Wörter benutzte er ständig. Damals habe die Autobahn noch aus Betonplatten bestanden, weshalb die Wagen auf und ab schaukelten, wenn sie über den Berliner Ring fuhren, erzählte er, und er wisse bis heute, wie schläfrig ihn das gemacht habe.

Wir verbrachten ungefähr acht Stunden in diesem kleinen Unterschlupf, aßen und tranken ununterbrochen, balancierten auf Steinen und Baumwurzeln über den Bach, füllten unsere Gläser an einer kleinen Quelle, die drei Meter neben dem Tisch unmittelbar der Erde entsprang, und ließen uns von Katja ein glückliches Schwein zeigen, das in einem nahe gelegenen Stall lebte. Meiner Mutter war allerdings den ganzen Tag anzumerken, dass sie sich die Sommertage vorstellte, die sie als Kind mit ihrem Vater Slawa und ihrer Schwester Ljuda hier hätte verbringen können. Sie war in einer gedanklichen Schleife gefangen, in der alles, was einen hier bei den Falbuschs so glücklich machen konnte, in ihr die Wehmut darüber wachrief, was ihr in den letzten fünfzig Jahren womöglich entgangen war. Man konnte geradezu dabei zusehen, wie sie sich innerlich Mut zusprach, um nicht jeden Moment in Tränen auszubrechen.

»Also ich finde das toll, wenn die Menschen so wenig brauchen«, sagte sie. »Weißt du, was ich meine? Wir fliegen nach Hongkong, Südafrika oder Kalifornien, wenn wir abschalten wollen, aber was kann man eigentlich mehr wollen als das hier?«

»Ich finde, du solltest das nicht so sehr romantisieren.«

»Wieso nicht?«

»Die Ukraine hat nach wie vor viele Probleme. Ich habe gegen eine allgemeine Krankenversicherung und unbestechliche Behörden jedenfalls nichts Wesentliches einzuwenden.«

»Ja, klar. Du bist manchmal so deutsch.«

»Du bist auch deutsch!«

»Wie man's nimmt.«

Mit Steph lief ich ein paar Hundert Meter den Bach hinauf, um zu schauen, ob er irgendwo hinführte. Wir landeten an einer Badestelle, an der das Wasser mit ein paar großen Felsen blockiert wurde, sodass sich davor ein kleiner See bildete, der ständig mit neuem, frischem Wasser versorgt wurde. Ungefähr zehn Kinder spielten in diesem knietiefen See, während die Erwachsenen am Ufer saßen und Tomaten, Wurst und Brot für das Picknick vorbereiteten, und es kostete mich einige Disziplin, meiner Mutter innerlich nicht doch recht zu geben.

Als wir am Abend wieder im Dorf waren, stand eine alte Frau in der Einfahrt zum Hof und schaute sich mutlos um. Ljuda erzählte uns, dass sie früher als Übersetzerin in Uschgorod gearbeitet habe, und als sie hörte, dass wir Deutsche waren, sagte sie auf eine sehr klare Weise ein paar Sätze in unserer Sprache. Trotzdem war offensichtlich, dass sie ihr professionelles Leben in der Stadt seit einiger Zeit hinter sich gelassen hatte und jetzt als Streunerin hier im Dorf lebte. Aus einiger Distanz schaute ich zu, wie Borjas Frau mit der Übersetzerin sprach, und wartete unbestimmt darauf, dass irgendetwas geschah. Vielleicht würden sie ihr etwas zu essen geben oder sie vom Hof jagen. Es passierte aber überhaupt nichts. Sie standen einfach in dieser gottverlassenen Gegend beieinander, warfen sich hin und wieder ein Wort zu und wirkten dabei völlig unbeteiligt, und aus irgendeinem Grund ging mir das so auf die Nerven, dass ich wegschauen und an etwas anderes denken musste.

Ich lief auf die andere Seite des Hofes, wo meine Mutter auf der Terrasse saß und mit Borja das Weinspiel spielte, das er schon den ganzen Tag gespielt hatte: Er visierte mit seinem selbst gemachten Wein ihr Glas an, sie zog es weg, er verfolgte das Glas, sie ließ sich auf einen Kompromiss ein – nur einen Schluck! –, und dann lachten sie wie besinnungslos. Es war wirklich eine sehr simple Art, Spaß zu haben, aber wir nahmen die Gelegenheit bereitwillig wahr. Wir waren alle aus unterschiedlich faschistoiden Ländern übrig geblieben, die sich jahrhundertelang untereinander in dieser oder jener Form gegenseitig bekriegt und einige der berüchtigtsten Massaker der Geschichte aneinander verübt hatten, aber der Wein von Djadja Borja hatte die Kraft, das alles zu überwinden. Wenn das kein Grund zum Feiern war, dann gab es überhaupt keinen.

Als ich die Frauen wieder ins Auto lud, war ich eigentlich bei Weitem zu betrunken, um zurück in die Stadt zu fahren. Andererseits waren die Straßen weit und leer, und meine Aufgabe bestand im Grunde lediglich darin, die drei oder vier Autos, die uns in der nächsten halben Stunde entgegenkommen würden, nicht zu rammen. Das traute ich mir noch zu. Ich fuhr extrem langsam und nahm die zerklüfteten Straßen, die die einzelnen Dörfer miteinander verbanden, jetzt völlig anders wahr als auf dem Hinweg. Hin und wieder tauchten große, neue Villen am Straßenrand auf, die in grellen Farben angestrichen waren und in dieser Gegend einigermaßen verloren wirkten. Sie standen mitten in dieser brachliegenden Landschaft, als wären sie aus einem Flugzeug gefallen und als hätte es sich für den Besitzer nicht gelohnt, sie wieder einzusammeln. Ein paar dieser Villen waren nicht einmal fertig. Vielleicht war den Arbeitern klar geworden, dass sie kein Geld sehen würden, als sie gerade an der zweiten Etage gearbeitet hatten, und sie waren einfach nach Hause gegangen, und seitdem hatte niemand mehr das Grundstück betreten. Auf gewisse Weise wirkte die ganze Region so.

Nur die Roma-Familien, die ihre Camps in den endlosen Wiesenflächen aufgeschlagen hatten, schienen sich hier ziemlich wohlzufühlen, und ich gönnte ihnen diesen Frieden. Es gab hier anders als in den meisten Teilen Europas, die ich kannte, offenbar niemanden, der sie belästigte. Außer den Roma-Clans sahen wir auf dem Weg zur Autobahn nur vereinzelte alte Männer, die sturzbetrunken vor uns über die Straße taumelten, obwohl man sich beim besten Willen nicht vorstellen konnte, wie sie es in diesem Zustand nach Hause schaffen sollten. Wahrscheinlich hatten sie im nächsten Dorf einen Freund besucht und sich mit selbst gebranntem Wodka zulaufen lassen. Ich bemerkte, dass ein paar Hunde neben unserem Auto herliefen und gut gelaunt bellten, und drückte aufs Gas, bis sie im Rückspiegel verschwanden.

Am nächsten Tag fuhren wir in ein Städtchen namens Mukatschewo, das vierzig Kilometer von Uschgorod entfernt im Landesinneren lag. Mein Großvater hatte in Mukatschewo seine Jugend verbracht und die Stadt überhaupt erstmals für längere Zeit verlassen, als er zum Studieren nach Leningrad gezogen war, was eine Reihe von Ereignissen in Gang gesetzt hatte, die letztlich zu meiner Existenz führten. Dieser Gedanke ließ mein Leben für einen Moment noch ein wenig mehr wie ein blödsinniger Irrtum wirken als ohnehin schon.

Auf dem Weg nach Mukatschewo hielten wir an der Burg Palanok, der wichtigsten Sehenswürdigkeit von Transkapartien. Die Burg steht auf dem höchsten Berg der Umgebung und wurde von einem ungarischen König im 13. Jahrhundert errichtet. An den Wänden hingen goldgerahmte Porträts der wichtigsten Mafiosi, und wie sich herausstellte, trugen fast alle von ihnen den gleichen Nachnamen: Baloha. Außerdem gab es in der Burg einen Raum mit ausgestopften Tieren, die langsam auseinanderfielen, weshalb die Tiere aussahen wie albtraumhafte Gestalten, und außerdem einen Folterkeller, in dem nicht nur die Folterinstrumente ausgestellt wurden, sondern auch lebensgroße Puppen, an denen mit roter Farbe die Wunden aufgemalt waren, die man den Leuten hier unten zugefügt hatte.

In Mukatschewo steuerten wir zuerst Slawas Schule an, von der es nichts Besonderes zu berichten gibt, außer dass sie gelb ist, und fuhren dann zu der Wohnung, in der er in den Fünfzigern seine Kindheit verbracht hatte. Sie lag in einer Wohngegend nahe der Innenstadt, die eigentlich ziemlich lebenswert aussah, so, als könnte man hier eine abgerundete Jugend ohne größere Katastrophen verbringen. Die Häuser stammten aus der Zeit der Industrialisierung, und sie wurden ganz offensichtlich von bürgerlichen Familien gebaut, die sich an der Schönheit von Wien und Budapest orientierten, gleichzeitig aber das Leben in der Kleinstadt bevorzugten: Die Häuser hatten höchstens zwei Etagen, riesige Fenster mit weißen Giebeln und kleine Vorgärten. Aber an den Gesichtsausdrücken der Männer, die gelangweilt auf dem Bürgersteig saßen, konnte man sehen, dass sich hier mittlerweile eine tief greifende Hoffnungslosigkeit breitgemacht hatte. Die Fensterscheiben waren alt und milchig, die Einfahrten der Höfe schief und verwittert, und die Schäden an den Fassaden wurden seit einigen Jahren nur noch provisorisch mit grauem Beton verkleistert. In den Fenstern konnte ich die Umrisse der Gesichter von Leuten sehen, die extra aufgestanden waren, als sie unser Auto gehört hatten, und uns nun durch die Gardinen hindurch beobachteten.

Als Olga später beim Abendessen erzählte, dass es hier früher überall Fabriken und Schornsteine gegeben und jeder Arbeit gefunden habe, trug sie einen Gesichtsausdruck, den ich aus Ostdeutschland gut kannte.

Die Fabriken waren geschlossen, die Schornsteine abgetragen und das industrielle Zeitalter insgesamt vorbei und von nichts Neuem ersetzt worden. Seit der Revolution auf dem Majdan hatte die ukrainische Währung zwei Drittel ihres Wertes verloren, ein Hrywnja war jetzt nur noch drei Cent wert, und die simpelsten Produkte und Dienstleistungen waren für normal verdienende Ukrainer unerschwinglich geworden. Die Misere hatte eine Parallelwirtschaft in der Ukraine hervorgebracht, die in amerikanischen Dollar abgewickelt wurde: Neben den offiziellen Angeboten gab es immer auch Nachhilfestunden, Handwerkerdienste oder Lebensmittel direkt vom Bauern, die man in Dollar bezahlte. Ljuda hatte den Dollarkurs immer im Blick, und jede minimale Veränderung schlug sich während unseres Besuchs sofort in ihrer Laune nieder.

Vom ersten Tag an stand dieses Wohlstandsgefälle zwischen Deutschland und der Ukraine auch zwischen meiner Mutter und ihrer Schwester. Es führte uns in ein Dilemma, das uns ununterbrochen begleitete: Einerseits kosteten uns die Restaurantbesuche und die Eiscreme, die wir bei unseren Nachmittagsspaziergängen am Wegesrand kauften, so gut wie gar nichts, andererseits wollten wir unsere Gastgeber nicht beschämen, indem wir ihnen ständig alles ausgaben. Dass sie sich aber für uns in Unkosten stürzten, konnten wir wiederum auch nicht verantworten. Am zweiten oder dritten Tag waren wir auf der Suche nach einem Mückenspray in einer Drogerie gelandet, wo es meiner Mutter durch subtiles Taktieren gelungen war, erstens herauszufinden, dass Katja gern eine Creme für ihr Gesicht hätte, und sie dann zweitens auch zu kaufen, ohne Ljuda zu brüskieren. Es war ein ständiger Balanceakt.

»Es ist komisch«, sagte meine Mutter an einem Abend in unserer Hotelbar. »Weißt du noch, wie wir uns früher immer über die Pakete der Westverwandtschaft gefreut haben? Schokolade, Wein, Geld. Jetzt sind wir die Westverwandtschaft.«

Ich konnte mich natürlich nicht daran erinnern. Ich war sechs Jahre alt, als die Sowjetunion kollabierte und die Berliner Mauer fiel. Ich glaube nicht, dass ich in diesem Alter schon West- und Ostprodukte unterscheiden konnte, aber meine Mutter betrachtete mich als vollwertigen Ostdeutschen, in dem der Gedanke an Westpakete dieselben behaglichen Erinnerungen auslösen musste wie in ihr. Am liebsten hätte sie ihrer Schwester einfach tausend, zweitausend oder gleich fünftausend Euro in die Hand gedrückt. Sie genoss in Deutschland Beamtenstatus, ihr Haus war abbezahlt, die Kinder hatten studiert. Alles, was sie verdiente, stand ihr zur freien Verfügung, und nachdem sie dreißig Jahre lang ein überaus sparsames Leben geführt hatte, wusste sie mit ihren hohen Bezügen jetzt kaum etwas anzufangen. Sie wusste nicht, wie man ein Leben als wohlsituierte fünfzigjährige Frau im kapitalistischen Deutschland führte. Geld schien für sie nur dann seine Aufgabe zu erfüllen, wenn man es gegen Essen, Unterkunft und Transport eintauschen konnte. Wenn es Leuten weiterhalf, die es wirklich brauchten. Dass es die eigenen Sinne verfeinern konnte, dass es sich direkt in Klasse und Geschmack umsetzen ließ, dass Geld ein Medium war, kam ihr nie in den Sinn. Sie brauchte Jahre, um sich an einen Lebensstil zu gewöhnen, der ihrem Einkommen einigermaßen gemäß war, also ihre Urlaube in etwas besseren Hotels zu verbringen und nicht reflexartig in den billigsten Supermärkten einzukaufen, um dort nach den Angeboten der Woche zu schielen.

Als ich noch freier Journalist war und einen Euro pro Zeile verdiente, bot sie fast monatlich an, mir irgendeinen Geldbetrag zu überweisen. Ich lehnte das Geld entrüstet ab, schließlich war ich erwachsen, ich hatte studiert, ich war berufstätig, und dass ich auch dann noch versuchte, meinen Lebensunterhalt mit dem Schreiben von Literaturkritiken zu bestreiten, als die Zeitungen für so etwas eigentlich kein Geld mehr hatten, war meine eigene freie Entscheidung. Wenn meine Lebensumstände unerträglich geworden wären, hätte ich bei einer Werbeagentur anfangen oder mich in der Presseabteilung irgendeines Unternehmens bewerben können, wofür ich mir allerdings zu fein war. Irgendwann hörte meine Mutter auf, mir ihr Geld aufzudrängen, und jetzt hatte sie endlich einen neuen Adressaten für ihre Geldangebote gefunden: ihre Schwester Ljuda, die es jedoch ebenso wenig wollte.

Es war Mittag, als wir zu sechst aus unserem Kleinwagen auf die Straße traten und versuchten, direkte Blickkontakte mit den Anwohnern zu vermeiden, die uns aus allen Richtungen beäugten. Es war merkwürdig still, man hörte nur das Rauschen der Bäume, die auf beiden Seiten der Straße standen und deren Kronen sich in der Mitte berührten und die die schlimmste ukrainische Hitze von den Fassaden der Häuser fernhielten.

Olga hatte uns offensichtlich angekündigt. Vor der Tür wartete ein hagerer Mann mit freiem Oberkörper auf uns, der vielleicht fünf Jahre älter war als ich. Seine Familie hatte die Wohnung vor Jahrzehnten von den Falbuschs übernommen und bewohnte sie bis heute. Olga sprach mit ihm so freundschaftlich wie mit einem kleinen Jungen, dem sie nicht viel mehr zutraute, als die Mama zu holen. Er trug eine Dreiviertel-Cargo-Hose, Tennissocken und bequeme Latschen und behandelte uns gleichgültig wie ein Museumswärter, der jeden Tag eine Delegation aus dem Westen durch seine Wohnung führte.

Ljuda und Olga forderten meine Mutter auf, sich alles genau anzusehen, obwohl es hier vor allem die Einrichtungsgegenstände dieser ukrainischen Familie zu sehen gab, mit der wir streng genommen nicht das Geringste zu tun hatten. Trotzdem schauten wir uns natürlich alles genau an. Die beiden Frauen hatten die Tour so aufwendig organisiert, dass es für uns zu einer Art Schuldigkeit geworden war, davon so viel wie möglich in uns aufzunehmen. Meine Mutter folgte Olgas Instruktionen instinktiv, und mir fiel auf, dass sie auf gewisse Weise in dieser Familie innerhalb weniger Tage einen Platz eingenommen hatte, der ihr immer zugestanden hatte und der über fünfzig Jahre unbesetzt gewesen war. Es war atemberaubend, wie schnell das gegangen war. Unzweifelhaft war hier ihr Platz, ihr Vater hatte ihn fünfzig Jahre lang frei gehalten, indem er seinen Kindern immer wieder von ihrer Schwester in Deutschland erzählt hatte, über die er nicht mehr wusste, als dass sie sich eines Tages melden würde. Genauso gut hätte er bei jeder Mahlzeit einen Teller für seine verschollene Tochter auf den Tisch stellen können. Die Familie war auf die Ankunft meiner Mutter bestens eingestellt, und man konnte meinen, sie war es auch.

Wir hielten uns etwa zwanzig Minuten in der Wohnung auf, aber den größten Teil der Zeit verbrachte ich verschämt auf der Schwelle zwischen dem Flur und dem Wohnzimmer. Ich schaffte es einfach nicht, weiter in diese Wohnung vorzustoßen, auch wenn ich einige Male hineingewunken wurde. Olga unterhielt sich mit einer sehr alten, eingefallenen Frau, die auf der anderen Seite des Wohnzimmers auf der Couch lag. Ich verstand natürlich kein Wort, aber sie führten ihr Gespräch ganz unbefangen, als wären sie sich auf dem Markt begegnet und erzählten einander, dass die Kinder gesund seien und die Ehemänner träge. Es dauerte ewig, bis mir auffiel, dass die Frau, obwohl es fast vierzig Grad heiß war, unter vier oder fünf Decken begraben war, dass ihre Haare schneeweiß und ihre Haut vollkommen blass war und dass sie offensichtlich im Sterben lag.

»Ich habe gelesen, dass es ein Indikator für den Entwicklungsstand einer Gesellschaft ist, ob sie ihre Alten zu Hause oder im Krankenhaus sterben lässt«, sagte ich, als wir wieder draußen waren.

»In Deutschland kommt das auch gerade wieder. Viele

bahren ihre Eltern noch einmal zu Hause auf, bevor sie sie beerdigen«, sagte meine Mutter.

»Aber bei denen ist es eine bewusste Entscheidung. Sie hätten auch andere Möglichkeiten. Sie könnten ihre Eltern auch einfach in der Nordsee verstreuen lassen.«

»Was soll das überhaupt für ein Maßstab sein?«, sagte meine Mutter. »Wieso ist eine Gesellschaft automatisch moderner, wenn sie ihre Alten abschiebt?«

»Vielleicht geht es um den Grad der Arbeitsteilung?«, spekulierte ich.

Ich hatte von dieser Sache wirklich nur ganz nebenbei gehört und nicht die leiseste Erinnerung daran, woher ich diese Information hatte. Ich hatte das Thema nur aufgebracht, weil ich nicht wusste, was ich zu dem Umstand, dass wir gerade einer ukrainischen Frau in den letzten Tagen ihres Lebens einen Besuch abgestattet hatten, sagen sollte. Ich wollte es aber auch nicht unkommentiert stehen lassen. Es war lediglich ein Versuch, etwas halbwegs Angemessenes und Unsarkastisches zu sagen, weil es mich vielleicht zu sehr verunsichert hätte, diese Sache einfach zu übergehen und mit meinen ungeordneten Gedanken allein zu sein. Jetzt aber hatte ich keine Wahl mehr: Jetzt musste ich für meine Bemerkung einstehen.

»Vielleicht zeichnen sich höher entwickelte Gesellschaften dadurch aus, dass es für immer mehr Lebensbereiche Spezialisten gibt, die sich um diese Dinge kümmern. Wir backen ja auch nicht unser Brot selbst.«

»Ich weiß nicht, ob das eine gute Entwicklung ist«, sagte meine Mutter, die mir nur widersprach, weil sie meine Bemerkung für unangemessen hielt und aus Trotz beschlossen hatte, mich in eine allgemeine Diskussion über moderne Gesellschaften zu verstricken. »Wir werden zwar immer professioneller, aber entfernen uns auch immer mehr voneinander. Und letztlich auch von uns selbst. Wieso müssen wir unbedingt arbeiten, um die Pflege unserer Eltern zu bezahlen, anstatt sie einfach selbst zu pflegen? Wieso dieser Umweg?«

»Weil andere darin einfach besser geschult sind. Wenn man die Wahl zwischen zwei Angeboten hat, nimmt man immer das qualitativ hochwertigere. Es sei denn, man hat keine Wahl. Oder man ist ein Fanatiker.«

»Das kann man nicht immer richtig beurteilen. Wie sie in diesen Anstalten mit den Patienten umgehen, das willst du gar nicht wissen. Die Pfleger haben gerade einmal drei Minuten pro Patient.«

Dagegen konnte ich schwerlich etwas sagen. Ich schüttelte den Kopf, um anzudeuten, dass auch ich mit diesem sozialen Missstand absolut nicht einverstanden war, und wir beendeten das Gespräch auf einer versöhnlichen Note.

»Außerdem war sie ja noch gar nicht tot«, sagte Steph.

»Wo fahren wir als Nächstes hin?«, fragte ich Ljuda und überprüfte unmittelbar meinen Tonfall, weil ich fürchtete, zu sehr wie ein Tourist geklungen zu haben, der seine Anspruchshaltung zum Ausdruck brachte.

»Zu Sofija Iwowna.«

»Ach, richtig.«

Sofija Iwowna war die einzige lebende Person, die Slawas Mutter noch gekannt hatte und uns vielleicht etwas darüber sagen konnte, warum sie ihm nicht erlaubt hatte, mit seiner schwangeren deutschen Geliebten glücklich zu werden. Und wie es kam, dass sie ihren Sohn in Taschkent zur Welt gebracht hatte, dann aber ausgerechnet nach Uschgorod gezogen war. Sie war die letzte Verbindung zu der Welt, in der der kleine Slawa aufgewachsen war.

Sofija Iwowna wohnte in einem sechsgeschossigen Wohnhaus in der Innenstadt von Mukatschewo, an dessen Fassade ausgeblichene und verschlissene Ukraine-Flaggen hingen. Diese Flaggen hatten mit dem neu erwachten Nationalgefühl der Ukrainer nichts zu tun, sie hingen offensichtlich seit Jahrzehnten dort. Vielleicht stammten sie sogar noch von den westukrainischen Nationalisten, die Stalin nur deswegen nicht in einen anderen Teil des Sowjetreiches deportieren ließ, weil es so viele von ihnen gab und er nicht wusste, wohin mit ihnen, nachdem er bereits die Tschetschenen, die Krimtataren, die Wolgadeutschen und einige andere Ethnien von einer Ecke seines Reiches in die andere umgesiedelt hatte.

Im Hinterhof war ein tollwütiger Hund mit Wahnsinn im Blick an einen Mast gekettet und riss wild an seinen Ketten. Im Entengang liefen wir alle in die vierte Etage und standen dann vor Sofija Iwownas Wohnung, an der mir zuerst auffiel, dass sie zwei Eingangstüren hatte, direkt hintereinander. Sofort beschlich mich die sanfte Panik, dass dahinter die nächste Tür warten würde und dahinter wieder eine und immer so weiter, wie in einem Traum.

Sofija Iwowna war steinalt, nahezu blind und taub, und sie lebte allein. Die Haut hing schlaff an ihren Oberarmen, ihre Augenbrauen waren aufgemalt und ihr Gesicht so schief und entstellt, dass man sie kaum anschauen konnte. Aber wenn sie lachte, lachte sie wie ein Kind. In einem früheren Leben war sie Kinderärztin im größten Krankenhaus von Mukatschewo gewesen, und dort hatte sie sich mit Ljudmila Markowna angefreundet, Slawas Mutter. Sie kannten sich schon als junge Ärztinnen in den frühen Sechzigern, als Ljudmila Markownas leichtsinniger Sohn Slawa sich in Leningrad gerade mit einer hübschen Deutschen einließ. Sie musste also alles mitbekommen haben: die Debatten im Hause Falbusch, die aufgewühlte Mutter, die ziellosen Vorwürfe. Eine Deutsche, ausgerechnet eine Deutsche!

In der Wohnung roch es nach Seniorenbett und Schimmel, der Wohnzimmertisch war von einer feinen, schlierigen Schicht überzogen, und der Stuhl, den sie mir zugewiesen hatte, war ein klein wenig zu weich gepolstert.

»Möchtet ihr Kaffee?«, fragte Sofija Iwowna und verschwand tastend in der Küche.

Nein, sehr aufmerksam, besten Dank, aber dafür sei es beim besten Willen nun wirklich zu heiß.

»Drei Kaffee?«, rief Sofija Iwowna aus der Küche.

»Ich glaube, du musst deutlich lauter sprechen«, sagte Steph.

Ob sie vielleicht einfach etwas Wasser habe oder einen Multivitaminsaft, schrie ich.

Dann standen vier Kaffee in bräunlichen Tassen auf dem Tisch, außerdem eine Schale Zucker, an deren Rändern kleine, gelbe Zuckerklumpen klebten.

»Er sieht Slawa sehr ähnlich«, sagte sie und betrachtete mich wie einen Marsmenschen.

»Es ist, als sei er wieder auferstanden und stehe jetzt in ihrer Wohnung«, übersetzte Ljuda.

Sofija Iwowna atmete glücklich ein und aus. »Na gut, los, los, stellt eure Fragen.«

»Kann sie vielleicht kurz ihre Beziehung zu meinem Großvater beschreiben?«

»Sie hat mit seiner Mutter im Krankenhaus von Mukatschewo gearbeitet.«

»Und wie oft hat sie Slawa gesehen?«

»Nicht besonders oft.«

»Aha. Weiß sie noch, wann sie ihm zum ersten Mal begegnet ist?«

»Bei seiner Hochzeit.«

»Und danach dann regelmäßig?«

»Nein, nicht besonders oft. Sie möchte dich darauf aufmerksam machen, dass dein Kaffee kalt wird.«

»Entschuldigung.«

»Sie hat Slawa bei seiner Hochzeit gesehen und danach sehr selten.«

»Verstehe. Was kann sie uns über die Zeit sagen, in der er in Leningrad war? Hat seine Mutter jemals darüber gesprochen?«

»Das ist wirklich lange her.«

»Das ist wohl wahr. Nun. Weiß sie vielleicht, warum Ljudmila Markowna aus Taschkent nach Uschgorod gezogen ist?«

»Woher soll sie das wissen? Sie findet, das ist eine sonderbare Frage.«

»Kann sie überhaupt irgendetwas sagen?«

»Sie erinnert sich an eine Geschichte.«

»Ja?«

»Als Ljudmila Markowna eine junge Ärztin war, hatte sie einen Patienten, der Schmerzen an seinem Penis hatte. Er hat ihn ausgepackt und vor ihr auf den Tisch gelegt. Sie hat ihm eine Salbe verschrieben, aber wenig später kam er wieder, berichtete von demselben Problem und legte ihn wieder vor ihr auf den Tisch. Sie verschrieb ihm eine andere Salbe, aber kurz darauf kam er trotzdem wieder und legte wieder seinen Penis auf den Tisch. Sie war vollkommen verzweifelt und wusste nicht, wie sie ihm helfen sollte.«

»Das ist die Geschichte?«

»Das ist die Geschichte. Er kam immer wieder!«

Sofija Iwowna warf sich in ihrem Stuhl von links nach rechts, weil sie so über ihre eigene Geschichte lachen musste.

»Sie fragt, warum du so bedrückt aussiehst. Möchtest du vielleicht noch etwas Kaffee?«

»Vielen Dank. Fällt ihr vielleicht noch etwas ein? Vielleicht, warum sie ihren Mann nie geheiratet hat?«

»Wieso sollte sie ihn nie geheiratet haben? Natürlich waren sie verheiratet.«

»Nun, sie hieß Ljudmila Markowna Pogalina. Er hieß Boris Falbusch.«

»Und?«

»Sie hatten nicht denselben Nachnamen. Sie waren nicht verheiratet.«

»Aber sie müssen verheiratet gewesen sein. Laut dem Gesetz dürfen die Kinder nicht den Namen des Vaters annehmen, wenn die Eltern nicht verheiratet sind. Und die Söhne hießen Falbusch.«

»Aber muss sie nicht auch den Namen ihres Mannes annehmen, wenn sie ihn heiratet? Laut dem Gesetz?«

»Natürlich.«

»Das hat sie aber nicht.«

»Das ist ihre Sache.«

»Aber war sie nun verheiratet oder nicht?«

»Woher soll sie das denn wissen?«

»Das war alles?«

»Das war alles. Moment! Sie sagt noch etwas.«

»Ich kann es wahrlich kaum erwarten.«

»Sie spielten gern Karten.«

»Aha.«

»Kein normales Kartenspiel wie die Leute auf dem Land oder in den Bergen. Sie spielten Préférence.«

Sofija Iwowna war eine berühmte Kinderärztin«, sagte Ljuda später am Abend. »Die berühmteste von ganz Transkarpatien. Sie hat unsere ganze Familie behandelt.« Wir saßen in einem überteuerten Restaurant, das aussah, als hätte sich jemand, der Millionäre nur aus dem Fernsehen kennt, ein Restaurant für Millionäre ausgedacht. Alles war riesig und blendend weiß – die Wände, der Boden, die Stühle, die Tische und so weiter –, während zum Beispiel die opulenten Kronleuchter, die Theke und die Kerzenständer matt schwarz waren. Und in den schwarz-weiß gekleideten Kellnern überschnitt sich diese Farbgebung dann, als ob es diesem Restaurant inhaltlich darum ginge, dass der Mensch die widerstrebenden Kräfte der Natur zähmen und in Harmonie vereinen könne.

Es war natürlich ein furchtbares Missverständnis, dass die Familie Falbusch glaubte, uns an unserem vorletzten Abend in so ein Restaurant ausführen zu müssen, und wir versuchten das zaghaft zum Ausdruck zu bringen, indem wir betont bodenständige Gerichte bestellten, was nicht gerade einfach war. Es gab vor allem das, was Millionäre im Fernsehen so zu sich nahmen, also Hummer, Austern, Kaviar und Champagner und solche Sachen. Ich bestellte einen Borschtsch, Steph eine Spaghetti bolognese, und so ging es reihum. Auf der anderen Seite des Saals saßen ein paar junge, ukrainische Oligarchenkids und stopften alle Kostbarkeiten in sich hinein, die man sich nur ausdenken konnte. Es war ein deprimierender Anblick.

»Mafia?«, fragte ich Ljuda.

»Mafia«, sagte sie.

An diesem Abend kam ich zum ersten Mal mit meinem Cousin Kostja ins Gespräch, der zum Abendessen dazugestoßen war, viel Bier trank und auf diese Weise in eine Laune geriet, in der er mir lauter Fragen beantwortete, die ich überhaupt nicht gestellt hatte.

»Du hast keine Ahnung, wie viel besser das Leben in Israel ist«, sagte er.

»Das kann ich wirklich nicht behaupten.«

»Warst du schon einmal da?«

»Nein.«

»Es ist wundervoll. Vor allem für einen Ukrainer. Weißt du, wie hier über Politik gesprochen wird? Man ist ständig gezwungen, sich auf eine Seite zu schlagen, und auf dieser Seite verbringst du dann dein Leben. Du bist entweder für die Russen oder die Europäer oder die Nationalisten. Oder die Faschisten, die Juden, Ungarn, Slowaken, such dir was aus. Und sobald du in eine Gruppe eingetreten bist, übernimmst du alles von ihr: den Kodex, die Geschichten, die Feinde. Es wird nicht weiter verhandelt.«

»Das klingt ziemlich traurig.«

»Ist es auch. Die Leute hier wollen nicht nachdenken. Es ist ein Land voller Analphabeten. Sie wollen einfach einem Stamm zugehörig sein und sich die Welt von Idioten erklären lassen.«

»Haha.«

»Israel ist eine andere Welt. Dort leben Menschen, die von überallher stammen, und sie kommen alle miteinander aus. Sie diskutieren die ganze Nacht, werfen sich die wildesten Dinge an den Kopf, aber es ist nie ein Problem. Wir bauen dort etwas wirklich Neues auf.«

»Ehrlich gesagt glaube ich, dass es schon ein paar Länder gibt, in denen es ganz ähnlich läuft.«

»Mag sein, aber die Ukraine gehört sicher nicht dazu.«

»Ich stelle mir deine Situation übrigens ziemlich hart vor. Hoffentlich klingt das nicht, als wollte ich mein Mitleid zum Ausdruck bringen. Das will ich ganz sicher nicht. Ich will es eigentlich nur neutral feststellen. «

»Was für eine Situation?«

»Ich meine, dass du achtzehn Jahre alt bist und eigentlich nur die Wahl, hast, dich der einen oder der anderen Armee anzuschließen. Ich wüsste gern, wie das ist, aber ich werde es mir wahrscheinlich nicht vorstellen können, selbst wenn du es mir auf perfekte Weise erzählst.«

»Es ist eigentlich nicht besonders bemerkenswert. Die israelische Armee ist ein relativ sicherer Ort.«

»Daran habe ich noch nicht gedacht. Aber klar. Es gibt sicher eine Nische, in der man während des Wehrdienstes kein großes Risiko eingeht und weitgehend in Ruhe gelassen wird. In den Werkstätten vielleicht. Oder in einem Krankenhaus.«

»Nein, so meine ich das nicht. Was ich sagen will, ist: Es sterben so gut wie keine israelischen Soldaten in Kampfeinsätzen. Wir sind unseren Gegnern so weit überlegen, dass wir eigentlich nichts zu befürchten haben, wenn wir uns nicht allzu dumm anstellen. In Israel ist es wahrscheinlicher, als Zivilist zu sterben.«

»Das habe ich einmal in einem animierten Film über den Sechs-Tage-Krieg gesehen: Zunächst kommt die Luftwaffe und sorgt für reine Luft, und erst wenn alles so weit gesichert ist, kommen die Soldaten.«

»Na ja, es ist nicht der Normalfall, dass man Invasionen organisiert. Im Regelfall ist ein israelischer Soldat so etwas wie ein Polizist. Man bleibt aufmerksam und hält seinen Kollegen den Rücken frei.«

»Dann dürften deine drei Jahre ja schnell vorbeigehen.«

»Ich habe vor, länger zu bleiben. Ich habe vor, mich zum Elite-Soldaten ausbilden zu lassen.«

»Dein Ernst?«

»Mein Ernst. Einer von den Jungs, die als Erstes reingehen.«

»Du siehst nicht unbedingt so aus, wie ich mir einen Elite-Soldaten vorstellen würde.«

Ich drückte mit Daumen und Zeigefinger auf seinen schmalen Oberarm.

»Ich habe alles, was man dazu braucht. Ich bin groß genug, meine Augen sind gut, und ich kann klar denken. Das ist das Wichtigste.«

»Und warum? Du hast jetzt Familie in Deutschland. Theoretisch könntest du nach Berlin kommen und dich um die deutsche Staatsbürgerschaft bewerben und den Kriegsdienst ganz umgehen wie wir. Dann könntest du deine Zwanziger mit Ausflügen und Selbstbefragungen verbringen, wie es die jungen Männer in Deutschland tun.«

»Danke, aber das wäre nichts für mich. Ich finde, für einen Mann muss es etwas geben, hinter dem er voll und ganz steht.«

»Das habe ich schon lange nicht mehr gehört. Eigentlich sogar noch nie.«

»So sehe ich das. Und in der Ukraine habe ich einfach nichts gefunden, was ich mit ganzem Herzen vertreten konnte. Es war alles der gleiche Mist. Jetzt aber habe ich das Gefühl, etwas gefunden zu haben, das ich wirklich, wirklich vertreten kann. Und das ist ein verdammt gutes Gefühl. Israel ist der einzige Staat, den mein Volk jemals hatte. Zweitausend Jahre lang hat uns niemand beschützt. Jetzt haben wir zum ersten Mal die Mittel, uns selbst zu verteidigen. Die Integrität Israels ist die erste Idee, der ich mich voll und ganz verschreiben kann. Du hast so etwas überhaupt nicht?«

»Das kann ich nicht behaupten, nein. Ich habe im Gegenteil immer versucht, nie von irgendetwas zu sehr überzeugt zu sein.«

»Das stelle ich mir anstrengend vor.«

»Es ist eher eine Art Reflex. Vielleicht hat es mit meiner Familie zu tun. Die Menschen, unter denen ich aufgewachsen bin, waren überzeugt, der Sozialismus würde das Rennen machen, weil er einfach die gerechtere, humanere Gesellschaftsordnung ist. Und sie haben geglaubt, es sei nur eine Frage der Zeit, bis die Menschen das erkennen. Dann würden sie in Scharen die Grenzen der Sowjetunion stürmen, und der Imperialismus würde in sich zusammenbrechen. Eines Morgens sind sie aufgewacht und haben festgestellt, dass ihr Staat auf Geheimgefängnisse und Schikane aufgebaut war und dass alles, woran sie geglaubt haben, eine Lüge war.«

»Das ist etwas anderes.«

»Ich wollte es auch gar nicht vergleichen. Außerdem habe ich ohnehin den Verdacht, dass es in gewissem Sinne nicht weniger fundamentalistisch ist, gar keine Überzeugungen zu haben.«

In Wahrheit wusste ich gar nicht, warum ich mit diesem Sozialismus-Zeug angefangen hatte, und wenn ich es hätte rückgängig machen können, hätte ich es sofort getan. Allerdings hatte ich mir vor einiger Zeit vorgenommen, mich nicht mehr zu korrigieren. Als Student gab es eine Phase, in der ich so ehrlich und transparent wie möglich durchs Leben gehen wollte, um der ständigen Verstellung, zu der uns das gesellschaftliche Miteinander zwang, etwas Konkretes entgegenzusetzen. Ich versuchte eine Weile, jede Frage so wahrheitsgemäß wie möglich zu beantworten, was jedoch in erster Linie dazu führte, dass ich klang wie ein schwachsinniger Idiot. Erstens musste ich ewig nachdenken, wenn mir jemand eine völlig belanglose Frage stellte, also zum Beispiel: »Wie geht es dir?« Und zweitens musste ich mich bei jeder Kleinigkeit korrigieren, weil ich vieles schon in dem Moment anders sah, in dem ich es aussprach. Ich vermittelte den Eindruck, nicht einmal die einfachsten Dinge ausdrücken zu können, und die banalsten Konversationen wurde nahezu unmöglich. Nach ein paar Tagen brach ich das Experiment ab und verlegte mich stattdessen darauf, mich überhaupt nicht mehr zu korrigieren, schließlich konnte man ein paar Tage später das Gegenteil behaupten und sah immer noch geistesgegenwärtiger aus, als wenn man die Wahrheit sagte.

Und auch jetzt war es so, dass ich mir die Geschichte, die ich gerade erzählt hatte, selbst nicht glaubte. In Wahrheit war es eher so, dass der Kommunismus in meinem Leben nicht die geringste Rolle spielte, auch wenn ich mich ganz gern damit schmückte, weil er meinem Dasein eine gewisse historische Tiefe verlieh. Dass ich unter echten Kommunisten aufgewachsen war, machte mich zu einem der Letzten, der eine wahrhaft andere Gesellschaft noch mit eigenen Augen gesehen hatte. Tatsächlich aber konnte ich meine Herkunft im Alltag vollkommen ausblenden, indem ich einfach nicht darüber nachdachte.

Um trotzdem nicht ganz die Orientierung zu verlieren, hatte ich mir angewöhnt, jede meiner Lebensphasen unter ein klares, eindeutiges Motto zu stellen. Die Phase, die ich jetzt gerade durchlief, hatte ich zum Beispiel einmal in dem Satz zusammengefasst, dass die eigentliche Herausforderung des Lebens darin bestand, auf bestimmte Dinge zu verzichten. Als Teenager hatte ich den Weg zum Glück noch so verstanden, dass man so viele Erfahrungen, Emotionen und Eindrücke anhäufen musste wie möglich. Jetzt glaubte ich, dass es viel wichtiger war, etwas bewusst nicht zu tun. Auf diese Weise konnte man sich selbst beweisen, dass man letzten Endes nicht darauf angewiesen war, alle denkbaren Angebote auszuprobieren und jede Geschichte, die man sich theoretisch von sich selbst erzählen konnte, zumindest probeweise und für eine gewisse Zeit auch wirklich zu erzählen. Andererseits war ich mir im Klaren darüber, dass es möglicherweise einfach eine umständliche Erklärung dafür war, nicht allzu weit von dem bequemen Leben abweichen zu müssen, das sich vor mir erstreckte und das ich jederzeit haben konnte. Ich musste nur zugreifen.

Der Abend endete mit der ersten echten Auseinandersetzung dieser Woche: Olga hatte angekündigt, das Essen in diesem sündhaft teuren Restaurant zu bezahlen und uns alle einzuladen, was meine Mutter unter keinen Umständen zulassen wollte, und beiden war es mit ihrer Mission ziemlich ernst. Als sich das Abendessen dem Ende zuneigte, belauerten sie sich minutenlang, und den Augenblick, in dem meine Mutter sich kurz in ein Gespräch verwickeln ließ, nutzte Olga, um zur Kasse zu entwischen. Meine Mutter rannte buchstäblich hinter ihr her und holte sie gerade noch rechtzeitig ein. Sie schob Olgas Kreditkarte, die schon auf dem weißen Tresen lag, im letzten Moment beiseite und drängte dem Kellner ihre eigene auf, woraufhin Olga die Kreditkarte meiner Mutter wieder ein Stück von der Kasse wegschob, was meine Mutter wiederum sofort mit derselben Bewegung konterte. So ging das eine Weile hin und her: Die Frauen entschuldigten sich unentwegt beieinander, legten einander die Hände auf die Schultern und schoben ihre Kreditkarten über den Tresen wie bei einem besonders raffinierten Hütchenspiel, während der Kellner hilflos von der einen zur anderen schaute, und ich glaube, dass meine Mutter den Wettkampf schließlich möglicherweise tatsächlich einfach deshalb gewann, weil sie Olga physisch überlegen war.

Am letzten Tag gab es nur noch einen einzigen Ort in der Gegend, der mit meinem Großvater Wjatscheslaw »Slawa« Falbusch zu tun hatte und den wir noch nicht in Augenschein genommen hatten, und das war sein Grab. Nach den Tagen, die wir mit seiner Frau, seiner Tochter und den anderen verbracht hatten, womit für uns diese Familie gewissermaßen gerade erst auferstanden war, hatten wir fast vergessen, dass er selbst längst tot war, und als uns Ljuda fragte, ob wir vor unserer Abfahrt sein Grab sehen wollten, fühlten wir uns kurz beklommen, als wäre er in diesem Moment gestorben.

Am Nachmittag fuhren wir zum Friedhof, wieder über dieselbe Autobahn, wieder zu sechst. Wir waren jetzt so miteinander vertraut, dass wir zwanzig Minuten schweigend im Auto sitzen und einfach unseren Gedanken nachhängen konnten, ohne dass deshalb irgendjemand verlegen sein musste, und ich hielt das für eine große Leistung.

Slawa lag nicht auf einem der jüdischen Friedhöfe von Uschgorod begraben, sondern auf einem allgemeinen Friedhof außerhalb der Stadt, auf halbem Wege nach Mukatschewo, was vermutlich als Zeichen dafür gelten konnte, dass er sein Judentum nicht besonders kompromisslos ausgelebt hatte. Man fuhr von der Autobahn durch eine lange, enge Allee, vorbei an einem prachtvollen Hotel, das auf riesigen Plakaten seine Thermen bewarb, und erreichte dann einen leeren, sandigen Platz, auf dem etwa vierzig Autos parken konnten. In keinem Land der Welt besuchten so viele Leute gleichzeitig ihre toten Verwandten, dachte ich, und auch jetzt war der Parkplatz natürlich vollkommen leer.

Es war später Nachmittag, als wir ankamen, es war nicht mehr brütend heiß, und der Himmel färbte sich stehend rosa. Ljuda und Olga holten ein paar Utensilien aus dem Kofferraum, und dann liefen wir langsam und andachtsvoll die Pfade des Friedhofs entlang. Als ich die endlosen Wege zwischen den Gräbern sah, die sich in alle Richtungen so weit erstreckten, wie man sehen konnte, relativierte ich innerlich, was ich über den Parkplatz gedacht hatte: Es war tatsächlich ein riesiger Friedhof. Auf dem ganzen Weg begegneten wir nicht einer Person, nur ein abgemagerter deutscher Schäferhund war zu sehen, der keine Lust auf uns hatte und sich müde verzog.

Als wir vor dem Grab von Wjatscheslaw Falbusch standen, legte meine Mutter für einen Moment ihr Gesicht in die Hände und schaute es sich durch ihre Finger an, als befürchtete sie, von seinem Anblick geblendet zu werden, wenn sie sich ihm gleich ganz aussetzte. In einem gewissen Sinne waren wir jetzt am Ziel unserer Reise angekommen, und natürlich hatte diese Reise für meine Mutter sehr viel früher begonnen als für mich: Sie war fünfzehn Jahre alt, als ihr eine Mitschülerin an der Polytechnischen Oberschule in Eisenhüttenstadt, die sie auf den Tod nicht ausstehen konnte, während eines Streites an den Kopf warf, dass sie ja nicht einmal einen Vater habe.

Was sie damit denn bitte schön meine.

Dass sie adoptiert sei, das meine sie natürlich, was denn sonst?

Woher sie das denn wissen wolle. Sie kenne sie ja überhaupt nicht.

Sie wisse das, weil ihr eigener Vater im Stahlwerk der Chef

ihres Adoptivvaters sei, das in der Personalakte so vermerkt sei und weil es ihr Vater vor Kurzem beim Abendessen erzählt habe.

Noch am selben Nachmittag hatte sich meine fünfzehnjährige Mutter auf die Suche nach ihrer Geburtsurkunde begeben. Sie hatte dieses Dokument zuvor nie zu Gesicht bekommen, allerdings hatte dazu auch kein Anlass bestanden. Aller Wahrscheinlichkeit nach hatten die meisten Fünfzehnjährigen ihre eigene Geburtsurkunde nie gesehen. Was sollten sie ihr auch schon groß entnehmen? Sie schlich sich zu Hause in das verbotene Arbeitszimmer, öffnete ein paar Schubladen, tastete sich von den Arbeitsdokumenten langsam zu den Familienunterlagen vor und fand schließlich ein Dokument, auf dem neben ihrem Namen, ihrem Geburtsdatum und ihrem Geburtsort in Klammern der Vermerk »adoptiert« zu lesen war. Angesichts dieser Neuigkeit wurde meine Mutter weder ohnmächtig, noch brach sie in Tränen aus. Sie sortierte ihre Geburtsurkunde wieder dort ein, wo sie sie gefunden hatte, verließ geräuschlos das Zimmer und stellte zu ihrer eigenen Überraschung fest, dass sie erleichtert war.

Zwei Namen waren auf dem Grabstein eingraviert, und meine Kyrillisch-Kenntnisse waren auch jetzt noch so schlecht, dass ich nicht mit Bestimmtheit sagen konnte, auf welcher Seite nun eigentlich mein Großvater lag und wer die andere Person war, aber ich spürte, dass jetzt kein guter Zeitpunkt war, danach zu fragen. Später stellte sich heraus, dass ich allem Anschein nach der Einzige war, der nicht wusste, dass Slawa neben seiner Mutter Ljudmila Markowna begraben lag. Ich musste das irgendwie verpasst haben. Er war drei Jahre vor ihr gestorben, und im letzten Verwaltungsakt, der das Leben ihres Sohnes betraf, hatte sie dafür gesorgt, dass er bis in alle Ewigkeit in ihrer Nähe bleiben würde. Sie hatte das Grab anlegen, Slawas Namen auf die rechte Seite gravieren und die linke Seite für sich reservieren lassen. Und sie hatte entschieden, dass das Grab mit einer schweren, blanken Grabplatte bedeckt wurde, damit es unter keinen Umständen verwilderte, sondern auch dann noch gut in Schuss war, wenn sich monatelang niemand darum kümmerte.

Das Grab war eine letzte große, herrische Machtgeste, die sich ganz offensichtlich gegen Olga richtete, die erst sechsundvierzig war, als ihr Ehemann starb, und trotzdem schon wusste, dass sie niemals neben ihm begraben sein würde, weil der Platz von ihrer Schwiegermutter besetzt war. Selbst die Grabplatte war ein Misstrauensvotum: Ljudmila Markowna traute Olga nicht einmal zu, Slawas Grab in einem Zustand zu bewahren, dass man sich seines Anblicks nicht schämen musste.

»Den Baum haben wir gepflanzt, als wir das Grab angelegt haben«, sagte Ljuda und zeigte auf eine zweieinhalb Meter hohe Birke. Das war wirklich lange her. Der Baum wirkte nicht mehr, als sei er jemals gepflanzt worden, er war längst Teil der Landschaft. Er sah aus, als hätte er immer hier gestanden. Es war alles schrecklich lange her.

Die Frauen fingen an, ohne Eile das wuchernde Gras, dessen Spitzen sich schon auf die Grabplatte neigten, mit beiden Händen aus dem Boden zu reißen und den Sand von den Steinen zu pusten, der in windigeren Tagen dort hinaufgeweht wurde. Aus Plastikflaschen schütteten sie literweise Wasser auf die Platte und polierten sie, bis man sich darin spiegeln konnte. Am Ende stellten sie vor jeden Namen eine Kerze, die von einem Glas vor dem Wind geschützt wurde.

Nur Blumen legten sie nicht nieder, Blumen würden nur verwelken. Meine Mutter beteiligte sich an diesen Arbeiten schweigend, ohne besondere Aufforderung und mit derselben Berechtigung wie die anderen.

Am Tag unserer Abreise stand meine Mutter sehr früh auf, um an einem Ritual teilzunehmen, das Olga sich nach dem Tod ihres Mannes angewöhnt hatte. In den Siebzigern hatte die Familie in einer Wohnung in der Innenstadt gewohnt, die großbürgerliche Ausmaße hatte und aus der Zeit nach dem Ende des Zweiten Weltkriegs stammte, als sich der Kommunismus an seinen besseren Tagen noch als humanistische Utopie verstand. Die Wohnung lag in der Nähe der medizinischen Fakultäten, die für diese Ärztefamilie immer eine besondere Bedeutung hatte, und direkt am russischen Gymnasium, das als das beste der Stadt galt und in dem bis heute eine schwarze Steintafel im Treppenhaus hing, die Olga als die beste Schülerin des Jahrgangs 1956 auswies. Von der Wohnung lief man zwei Minuten an die Usch, von deren Uferpromenade die Einwohner und die Reiseführer behaupteten, es sei die längste Lindenallee Europas.

Olgas Auffassung nach lebte die Familie genau am richtigen Ort, im Herzen ihres Universums, an der Schnittstelle all ihrer Biografien. Allerdings konnte sie sich mit ihrem Mann nicht darüber einigen, ob der einzige Nachteil dieser Wohnung zu verschmerzen war oder nicht: Es gab keine Heizung, und während des Winters mussten sie mühsam den Ofen mit Holz und Kohlen befeuern. Slawa hielt das für unzumutbar, man lebte schließlich nicht mehr in den Dreißigern, am Stadtrand gab es nigelnagelneue Plattenbauten mit Zentralheizung und warmem Wasser. Doch Olga hing an der Wohnung. Sie stritten sich ein paar Monate, dann kam

Olga eines Tages von ihrer Schicht im Krankenhaus nach Hause und stellte fest, dass ihr Mann innerhalb eines Tages umgezogen war. Die Wohnung war so gut wie leer, das Mobiliar stand in der dritten Etage in einem der neuen Plattenbauten am Stadtrand, die zwar einen Balkon, aber trotzdem keinen Ausblick hatten. Wenn man mit Olga heute über diese Wohnung spricht, erinnert sie sich an nicht viel mehr, als dass sich ihr Sohn dort einmal beide Hände gebrochen hat, als er versuchte, die Satellitenschüssel zu reparieren, und dabei aus dem Fenster fiel. So eine Wohnung war das.

Als ihr Mann gestorben war, räumte sie alles wieder zusammen und zog zurück ins Zentrum, direkt neben den Palast des Gouverneurs. Und von hier aus fuhr sie nun seit über zwei Jahrzehnten jeden Morgen um halb sechs zum ehemaligen Steinbruch, der heute ein See war, und schwamm dreißig Minuten. Sie ließ sich von einem alten Freund abholen, mit dem sie Medizin studiert hatte und der ein Auto besaß, und von ihm zum See fahren, jeden Morgen um die gleiche Zeit.

»Auch im Winter?«, fragte ich sie.

»Auch im Winter.«

Als meine Mutter die Geschichte hörte, fragte sie schüchtern, ob sie ein einziges Mal mitfahren durfte, und Olga machte eine Winkbewegung mit der rechten Hand, von der wir absolut nicht sagen konnten, was sie bedeuten sollte.

»War das ein Ja?«, fragte meine Mutter, und natürlich war es ein Ja.

Sie blieb über Nacht in Olgas Wohnung, die darauf bestand, dass meine Mutter das Bett nahm und sie selbst auf der Couch schlief, und innerhalb von Sekunden alles herrichtete. Als meine Mutter allein war, blätterte sie in den alten, vergilbten Büchern, die ihrem Vater gehört hatten, schaute sich die Fotos von ihm an, die gerahmt in der Schrankwand standen und auf denen er einen Henri-IV-Bart trug, der ihm überhaupt nicht stand und ihn fülliger aussehen ließ, und spielte im Kopf verschiedene Szenarien durch, in denen es darum ging, wie ihr Leben wohl verlaufen wäre, wenn sie hier aufgewachsen wäre. Allerdings mündete jedes dieser Szenarien darin, dass ihr Sohn – ich – ernsthaft Gefahr gelaufen wäre, in diesem Augenblick mit schlechter Ausrüstung im Donbass einer überlegenen russischen Armee gegenüberzustehen. Und dass sie doppelt so viel arbeiten müsste, um ihre Familie durchzubringen. Und dass es all die Erinnerungen an Urlaube in Kalifornien und Portugal, in Sansibar und Südafrika, an denen ihr so viel lag, nie gegeben hätte. Sie ärgerte sich, dass dieser fatalistische Realismus ausgerechnet jetzt Oberhand gewonnen hatte, wo sie doch eigentlich romantische Spekulationen anstellen wollte, und schlief stundenlang nicht ein.

Olga weckte sie am nächsten Morgen wie abgemacht um fünf Uhr, und obwohl sie keinen Schluck getrunken hatte, fühlte sie sich matt und verkatert. Sie hatte Kopfschmerzen und schlechte Laune, und weil sie fürchtete, einen mürrischen Eindruck zu machen, erklärte sie aufwendig, dass sie kein Morgenmensch war. »Wie dein Vater«, sagte Olga ungerührt und ein wenig streng.

Sie ließen sich an den Rand der Stadt fahren, stellten das Auto an den Straßenrand und liefen fünfzehn Minuten an ein paar stillgelegten Gleisen entlang, die fast vollkommen zugewachsen waren und auf denen früher die Steine abtransportiert wurden, als es noch eine Nachfrage dafür gegeben hatte. So früh am Morgen waren sie die einzigen Menschen auf diesem Weg, aber weil es Juli war, stand die Sonne schon relativ hoch. Sie passierten eine Industriebrache und einen drei Meter hohen Berg aus verbogenen Metallresten und erreichten schließlich einen See, der, eingerahmt von Wäldern auf der linken und sandfarbenen Felsen auf der rechten Seite, im Morgenlicht so schön aussah, dass es meiner übermüdeten Mutter die Kehle zuschnürte.

Sie legten ihre weiten Kleider auf den Boden – beide trugen Kleider aus einem halbtransparenten, kreppartigen Material –, setzten ohne große Verzögerung ein Bein nach dem anderen ins Wasser und schwammen unverzüglich los. Olga, auf ihre Haare achtend, mit vorsichtigen, aber routinierten Bewegungen. Meine Mutter mit langen, kräftigen Zügen, die ihrem Körpergedächtnis noch aus der Zeit gegenwärtig waren, in der sie um die A-Jugendmeisterschaft der DDR mitgeschwommen war. (Sie bekam damals gerade noch rechtzeitig chronische Rückenschmerzen, um dem Staatsdoping zu entgehen, wegen dem heute so viele ehemalige ostdeutsche Leistungsschwimmerinnen Schnurrbärte tragen.) Sie nahm Geschwindigkeit auf, bettete ihren Körper auf dem Wasser, das unter ihr vorbeizog, reduzierte die Bewegungen um die Längsachse fast wie damals auf ein Minimum und war in weniger als einer Minute in der Mitte des Sees. Dort drehte sie sich auf den Rücken, atmete tief ein, sodass die Luft in ihrer Lunge sie an die Wasseroberfläche hob, und schaute in den wolkenlosen Himmel über Uschgorod. Ja, in der Tat, das hätte ein mögliches Leben sein können.

Wir warteten mit der Abfahrt bis zwölf Uhr, weil sich die Falbuschs noch einmal von uns verabschieden wollten, vorher aber noch die Mutter von Wowa beerdigen mussten, die während unseres Aufenthalts gestorben war, wie man uns in einem Nebensatz wissen ließ. Der Tod schien hier so gegenwärtig zu sein, dass man kein großes Aufhebens darum machte. Seit Jahren habe die alte Frau im Bett gelegen und gelitten, es sei für alle eine Erlösung. Ljuda, Wowa, Kostja und Katja trugen noch schwarz, als sie uns auf dem Hotelparkplatz in den Arm nahmen und meine Mutter ihnen nicht zum ersten Mal das Versprechen abzuringen versuchte, sie so bald wie möglich in Berlin zu besuchen.

Doch sie vermieden es, darauf eine eindeutige Antwort zu geben oder auch nur ihr Interesse zum Ausdruck zu bringen, was meiner Mutter im Zweifelsfall vollkommen gereicht hätte. Sie hatte sich das große Fest, dass sie alle gemeinsam in ihrem Haus in Berlin zu Weihnachten, zu Chanukka oder auch gern zur russischen Weihnacht verbringen würden, längst ausgemalt: Sanja und Kostja würden aus Israel anreisen, Ljuda und Olga und Katja aus der Ukraine. Und hatte Sanja nicht auch noch eine Tochter? Die müsste natürlich auch kommen. Und vielleicht ihre Mutter. Endlich würde sich alles zusammenfügen.

Sollte es auf dem Weg dahin irgendwelche Schwierigkeiten geben, würden die sich aus der Welt schaffen lassen. Meine Mutter liebte es, administrative Widerstände aus dem Weg zu räumen, und auch wenn sich mir nie erschlossen hat, wie es so etwas geben konnte, wandte sie sich Verwaltungsproblemen immer mit einer gewissen Vorfreude zu. Dafür musste man ihr jedoch erst einmal ein konkretes Problem präsentieren. Ljuda aber wiegte nur auf rätselhafte Weise den Kopf hin und her, wenn meine Mutter sie nach Berlin einlud, und ließ sich nichts weiter entlocken.

Weil unsere Abreise nun allerdings unmittelbar bevorstand, ließ meine Mutter alle Vorsicht fahren und sprach die Angelegenheit direkt an: »Falls Geld das Problem ist: Das soll wirklich kein Hindernis sein. Sucht euch einfach eine Route aus, und ich buche für euch. Von Kiew gibt es Direktflüge nach Berlin, habe ich gesehen. Oder ihr fahrt über Lemberg nach Krakau mit dem Zug und von dort mit dem Flieger. Easyjet fliegt jeden Tag. In Krakau könntet ihr euch bei der Gelegenheit Kazimierz anschauen, das jüdische Viertel. Oder das, na ja, ehemals jüdische Viertel. Es ist wirklich sehenswert, lauter kleine Cafés und Läden mit handgemachten Sachen. Wir übernachten auf dem Rückweg auch wieder dort, im Hotel Eden, einem jüdischen Hotel mitten in Kazimierz, sehr empfehlenswert. Sehr sauber.« Meine Mutter hielt ununterbrochen Ljudas Oberarm fest, während sie das sagte und Ljuda ein Gesicht machte, als sei ihr soeben eine Zahnfüllung rausgefallen.

In die EU waren es von hier nur sechs Kilometer, aber weil wir des Konzepts von Landesgrenzen entwöhnt waren, erwischte uns die slowakisch-ukrainische Grenze vollkommen auf dem falschen Fuß. Wir standen sechs Stunden an, es waren 36 Grad, und abwechselnd gingen wir zu dem einzigen Duty-free-Shop, der Wasser in Flaschen für das Zehnfache des üblichen Preises führte, um dort unsere Körper an der klimatisierten Luft zu kühlen. Hätten wir unser Auto allein gelassen, hätten wir damit rechnen müssen, unseren Platz zu verlieren. Ein Slowake zeigte auf einen gebräunten Mann in Zivil und sagte, dass dies der Mann sei, den wir bestechen mussten, wenn wir schneller über die Grenze wollten, aber wir waren zu müde, um unsere Prinzipien zu verraten. Nachdem wir unsere Pässe vorgezeigt hatten, räumten wir stoisch das Auto aus und öffneten duldsam die Koffer.

Teil zwei

Die Wochen vor unserer zweiten Reise in die Ukraine verbrachte ich als Korrespondent bei der Europameisterschaft in Frankreich, weil es bei der Zeitung, für die ich arbeitete, die Tradition gab, von den großen Turnieren nicht Sportreporter berichten zu lassen, sondern Kritiker. Die Zeitung hatte jahrzehntelang keinen Sportteil, weshalb der Running Gag entstanden war, den Theaterkritiker zu den Olympischen Spielen, die Literaturkritikerin zur Fußballweltmeisterschaft oder eben mich zur Europameisterschaft zu schicken. Während des Turniers wohnte ich bei Steph, die vor Kurzem nach Montmartre umgezogen war. Mit dem Fahrrad erreichte man das Stade de France von ihrer Wohnung aus in zwanzig Minuten.

Die Arbeit als Sportreporter war ziemlich unverkrampft, weil es beim Fußball wirklich nur um das ging, was man auf den ersten Blick sah, und es keine Geheimnisse gab. Am Ende dieser vier Wochen hatte ich das Gefühl, dass der Fußball deshalb die wichtigste Sportart der Welt war, weil er die Lebenswirklichkeit der meisten Menschen ziemlich gut widerspiegelte: Man hatte bestimmte Regeln zu akzeptieren, Mannschaftsgeist wurde belohnt, und meistens war es der direkte und unkomplizierte Weg, der zum Erfolg führte, während übertriebene Grübelei im Normalfall nichts brachte. Deutsche Theaterstücke und Romane hingegen hatten es ja oft darauf abgesehen, dem Publikum seine existenzielle Verlassenheit auf die Nase zu binden. Und vom Fußballstadion aus betrachtet war das ein reichlich sonderbares Vergnügen.

Ich glaube, die Einsamkeit, die man ohnehin die ganze Zeit empfand, reichte den meisten Menschen vollkommen aus.

Zur Vorbereitung für unseren Trip schauten Steph und ich am Abend vor der Abreise den Dokumentarfilm »Ukraine is not a brothel« von Kitty Green an, der zum ersten Mal im Jahr 2013 auf dem Filmfestival in Venedig gezeigt worden war. In dem Film ging es um die berühmten Aktivistinnen von Femen, die mit nackten Oberkörpern medienwirksame Großereignisse stürmten, um ihre Statements auf die Titelseiten der Welt zu hieven. Die Gruppe war 2012 zum ersten Mal in Erscheinung getreten, während der Fußballweltmeisterschaft in der Ukraine und Polen. Sie wollte darauf aufmerksam machen, dass viele junge Ukrainerinnen ihren erbärmlichen Lebensumständen nur entkommen konnten, wenn sie einen Mann aus dem Westen heirateten oder sich prostituierten. Allerdings hatte Kitty Green in ihrem Dokumentarfilm herausgefunden, dass die weltweit berühmteste Gruppe feministischer Aktivistinnen heimlich von einem Mann angeführt wurde.

Dieser Mann hieß Viktor und bezeichnete sich in einem Interview mit der Regisseurin offenherzig als Patriarch, der die Mädchen auf Trab halten müsse, weil sie von Natur aus unterwürfig und notorisch unpünktlich waren und keine Disziplin hatten. Er räumte ein, dass es vielleicht auf den ersten Blick paradox wirke, dass eine feministische Aktivistengruppe von einem Patriarchen angeleitet wurde, andererseits seien Marx und Lenin schließlich auch Angehörige der Bourgeoisie gewesen. In Paris, wo es nach Kiew die zweitgrößte Femen-Zelle gab, sollen die Aktivistinnen entsetzt gewesen sein, als der Film herauskam. Von einem Viktor hatten sie noch nie gehört.

Außerdem kam in dem Film eine ukrainische Femen-Aktivistin zu Wort, die ihren Lebensunterhalt damit verdiente, in einem Nachtclub in Kiew für Sextouristen aus dem Westen zu tanzen. Sie sah aus, als hätte sie ein wahnsinnig schlechtes Gewissen deswegen, weil es ein Widerspruch schien, gleichzeitig Stripperin und Feministin zu sein. Trotzdem war ich sofort auf ihrer Seite. Mir fiel kein Grund ein, warum ausgerechnet eine Stripperin weniger Anrecht darauf haben sollte, eine feministische Aktivistin zu sein, als irgendjemand sonst.

Meine Theorie war, dass jeder seinen eigenen Weg finden musste, sich diesen offenkundigen Widersprüchen zu stellen, und meistens lief es wohl auf einen Kompromiss hinaus. Wenn man es schaffte, sich in widersprüchlichen Bereichen seiner Existenz gleichermaßen zu Hause zu fühlen, hielt ich das für ein gutes Zeichen, weil man damit unter Beweis stellte, dass man souverän genug war, sich von seinen Umständen zu lösen und angesichts neuer Fragestellungen zu neuen Ansichten zu gelangen. Und dass man diese parallel existierenden unterschiedlichen Ansichten stets so neu zusammensetzen und modifizieren konnte, dass man in jeder Situation eine Position einnahm, die man vertreten konnte, ohne sich schämen zu müssen. Ich habe Scham immer schon für einen guten Berater gehalten, der meistens in den richtigen Momenten auftaucht. Andererseits kann es aber eben auch vorkommen, dass sich eine ukrainische Feministin dafür schämt, dass sie Feministin ist, während sie gleichzeitig als Tänzerin in einem Stripclub keine Scham empfindet, und auch damit werden wir alle irgendwie zurechtkommen müssen.

Am Gate zu unserem Ukraine-Airlines-Flug von Paris nach Kiew waren wir fast ausschließlich von blonden ukrainischen

Frauen um die vierzig umgeben, was wir uns absolut nicht erklären konnten. Wir hatten das Gefühl, in einen verborgenen Transitkanal für halblegale Arbeitsmigration geraten zu sein. Wir mutmaßten, dass die Frauen Haushaltshilfen und Kellnerinnen waren, die das ganze Jahr in Paris arbeiteten und jetzt im Juli für den Sommerurlaub zu ihrer Familie flogen. Andererseits trugen sie überwiegend blendend weiße Jeans, professionell lackierte Fingernägel und Einkaufstaschen von Pariser Geschäften der zweitteuersten Kategorie. Putzfrauen, die eine Familie in Odessa zu versorgen hatten, würden für solche Sachen wahrscheinlich eher kein Geld ausgeben. Um Frauen und Töchter von ukrainischen Oligarchen zu sein, wirkten sie wiederum zu aufgekratzt und als wäre dieser Flug etwas, das in ihrem Alltag normalerweise nicht vorkam. Wir hatten offensichtlich die Tür zu etwas Unbekanntem aufgestoßen, und das war in jeder Hinsicht ein vielversprechender Anfang.

»Vielleicht sind sie Prostituierte, die ein paar Jahre in Paris gearbeitet haben und jetzt als wohlhabende Frauen in ihre Heimat zurückkehren«, sagte Steph. »Oder Aktivistinnen von Femen.«

Im Flugzeug kaufte ich ein Sandwich aus dem einzigen Grund, dass ich eine Coke trinken wollte und die Coke ohne Sandwich ganze drei Euro kostete, in der Menü-Version mit einem Sandwich hingegen nur vier Euro und ich mir in dieser Zwangslage nicht anders zu helfen wusste.

»Was mache ich denn jetzt mit diesem Sandwich?«, fragte ich Steph. »Ich habe überhaupt keinen Hunger.«

»Wieso hast du es denn gekauft?«

»Es schien mir von zwei Optionen die weniger schlechte zu sein. Für einen Moment wirkte es sogar wie eine ziemlich gute Lösung.«

Die Tatsache, dass ich jetzt ein eingeschweißtes Sandwich besaß, das ich nur gekauft hatte, um in den Genuss eines guten Deals zu kommen (oder genauer: um die Fluggesellschaft nicht mit ihren unverschämten Preisen für eine kleine Coke davonkommen zu lassen), beschäftigte mich gedanklich während des gesamten Fluges. Das Sandwich war so etwas wie das Totem eines wahnsinnig gewordenen Kapitalismus, in dem es billiger war, Dinge zu kaufen, als sie nicht zu kaufen, und in dem man mit jeder Transaktion ein Stück seiner Selbstachtung auf den eigentlichen Kaufpreis draufschlagen musste, um auf den wahren Preis zu kommen.

Ich besaß dieses Sandwich aus dem einzigen Grund, dass ich mich nicht von der Preispolitik der Ukraine Airlines an der Nase herumführen lassen wollte. Trotzdem hatte ich nicht verhindern können, dass ich mich jetzt in einer Situation befand, in der ich unglücklich und niedergeschlagen in einem grauen Flugzeugsessel klebte und das Fundament meiner bürgerlichen Existenz infrage stellte: meine Fähigkeit, mit vollkommen unerheblichen Alltagssituationen fertigzuwerden, meine nervliche Belastbarkeit, meine psychische Stabilität. Die Kapitalismustheorien, die ich währenddessen ausbreitete, wurden immer verstiegener, und als Steph, die eigentlich vorhatte, während des Flugs ein Buch des frühmittelalterlichen Philosophen Augustinus zu lesen, genug hatte, nahm sie mir behutsam das Sandwich aus der Hand und verstaute es im Handgepäck. Erstaunlicherweise wirkte das Wunder. Es ging mir sofort besser.

Der Flughafen Kiew war ein gänzlich unexotischer, auffallend sauberer Flughafen, der, wie mir jetzt einfiel, für die Europameisterschaft 2012 gebaut worden war und die westeuropäischen Journalisten genauso verblüfft haben musste wie mich. »Der topmoderne Flughafen von Kiew« war eine Wendung, die mir auf jeden Fall schon einmal begegnet war.

Am Taxistand fiel mir auf, dass Steph abwägende Blicke auf eine groß gewachsene blonde Frau in High Heels, Netzstrumpfhose und einem knappen Lederrock warf, die vor dem Flughafen auf und ab ging.

»Wir dürfen jetzt aber nicht sämtliche ukrainischen Frauen für Prostituierte halten, wenn wir nicht zu Gefangenen unserer eigenen Projektionen werden wollen«, sagte ich. »Das könnte auch einfach gängiger osteuropäischer Chic sein. Wahrscheinlich wartet sie einfach auf jemanden.«

Steph wirkte nicht besonders überzeugt, und dass das Erste, was wir auf der Autobahn nach Kiew sahen, ein gigantisches Billboard war, das für den »Harem Men's Club« warb, schwächte meine Position noch mehr. Steph verbrachte gerade ihren zweiten Sommerurlaub in Folge nicht in der milden Sonne Südfrankreichs, sondern in der Ukraine, und dafür stand ich tief in ihrer Schuld, weshalb ich mir alle Mühe gab, diese Ausflüge so aussehen zu lassen, als hätten wir beide etwas davon. Leicht machte es mir die Ukraine allerdings nicht. Erst vor ein paar Tagen hatte Steph recherchiert, dass Kiew nur hundertfünfzig Kilometer südlich von Tschernobyl lag und dass der gigantische ukrainische Fluss Dnjepr gewissermaßen erst einmal Unmengen an Radioaktivität aufnahm, bevor er Kiew durchquerte. Ich hatte nicht viele Argumente.

Das Taxi fuhr uns dreißig Minuten durch ein apokalyptisches Gebirge aus monumentalen Wohnblöcken, das sich bis zum Horizont erstreckte, und das ungläubige Entsetzen, das Steph ins Gesicht geschrieben stand, war schwer zu übersehen. Die oberen Stockwerke dieser Häuser hingen teilweise in den Wolken, und alle paar Hundert Meter wurde diese gleichförmige Abfolge von Wohnblöcken und Parkplätzen von schmucklosen, würfelförmigen Einkaufszentren unterbrochen, in deren Erdgeschossen sich jeweils ein Grillrestaurant und eine Cocktailbar befanden. Auf gigantischen Plakaten warb die Republik Tunesien um ukrainische Touristen.

»Wenn man genau hinsieht, ist kein Haus wie das andere«, sagte ich, während ich voller Interesse aus dem Fenster starrte. »Gestalterisch weichen sie alle minimal voneinander ab. Siehst du das?«

»Nein, Felix, das sehe ich nicht«, sagte sie und massierte mit Daumen und Zeigefinger ihre Augenbrauen.

Im Hotel schlugen wir die Touristenkarte von Kiew auf, die uns die Rezeptionistin ausgehändigt hatte. Die Karte war kostenlos und wurde von den Anzeigenkunden bezahlt, die sich auf diese Weise direkt den ankommenden Touristen ins Bewusstsein rufen konnten, weshalb neben den drei größten Kathedralen auf der Karte vor allem die wichtigsten Stripclubs und eine Hochzeitsagentur namens »Marriage by Natali« vermerkt waren. Ich fragte Steph, ob sie Lust habe, dieser interessanten Hochzeitsagentur auf den Grund zu gehen. Sie sagte überraschenderweise Ja, legte sich aufs Bett und dimmte das Licht.

Von der Homepage von Natalis Hochzeitsagentur schauten uns ukrainische Frauen an, die zwischen zwanzig und vierzig Jahre alt waren und Olena, Olga und Irina hießen. Eine dreiunddreißigjährige Frau aus Kiew namens Natalia (Sternzeichen: Skorpion, Smoking: Yes) schrieb über sich, dass sie Sport mochte, gern zeichnete und auf Partys ging. Ihre Persönlichkeit beschrieb sie als »nicht gewöhnlich«, und sie gab außerdem an, auf der Suche nach einem ehrlichen, treuen, verantwortungsbewussten Mann zu sein, der vorzugsweise in Israel lebte. Wir klickten uns durch ein paar

Profile und stellten leicht enttäuscht fest, dass es hier überhaupt nichts gab, worüber wir uns hätten lustig machen können, um auf diese Weise wieder zueinanderzufinden. Die Frauen, die von der Hochzeitsagentur vertreten wurden, wirkten selbstbewusst und souverän, jedenfalls nicht wie Frauen, die bereit waren, sich willenlos in drittklassige Wohngegenden europäischer Kleinstädte verschieben zu lassen. Ich hatte eher den Eindruck, dass sie klare Vorstellungen von ihrer Zukunft hatten und gewillt waren, ihr Leben in die Hand zu nehmen.

Die Website erzählte selbst die Erfolgsgeschichten von gelungenen Verkupplungen aus der Vergangenheit auf eine würdevolle Art. Ein muslimischer Manager aus Kanada, ein israelischer Beamter, ein französischer Polizist. All diese Männer hatten über die Agentur ukrainische Frauen kennengelernt, mit denen sie jetzt in ihren Heimatländern zusammenlebten und Natali, die Besitzerin der Agentur, schien jede dieser Geschichten für einen Schritt hin zu einer besseren, lebenswerteren Welt zu halten. Obwohl sie serienmäßig Ehen stiftete, gelang es ihr, jede Verkupplung aufs Neue als ein Wunder auszugeben, das in der Natur eigentlich nicht vorgesehen war. Sie verkaufte Partnerschaften auf dieselbe Weise, wie man in Paris Abendkleider verkaufte und in San Francisco Software, und ich fand, dass die Heiratsvermittlerin Natali ihr Geschäft auf einem Niveau betrieb, das sich vor niemandem zu verstecken brauchte.

Unser Plan bestand darin, ohne besonderen Eifer zwei Tage in Kiew zu verbringen und dann nach Lemberg zu fliegen, um dort meine Mutter zu treffen und schließlich gemeinsam nach Uschgorod zu fahren. Jetzt saßen wir allerdings erst einmal auf der Terrasse unseres Hotels und beobachteten, wie die Sonne über dem Dnjepr auf dieselbe pompöse Weise unterging wie über einem Ozean. Hier in Kiew war der Dnjepr breit wie ein See, und zwischen den Ufern gab es Platz für mehrere kleine Inseln mit Sandstränden, Beach Clubs und Open Air Techno Festivals. Zwischen den Inseln fuhren junge Ukrainer mit Jetskis und Motorbooten umher.

Bislang kannte ich Kiew nur aus den Arbeiten des französischen Videokünstlers Cyprien Gaillard, der in Berlin einmal große Aufmerksamkeit erregt hatte, als er in einer Halle eine drei Meter hohe Pyramide aus Bierdosen aufbaute. Man konnte dort hochklettern, sich ein Bier aus der Pyramide nehmen und dann einfach oben sitzen bleiben. Das Bier stammte von der türkischen Marke Efes, deren Name von der antiken Stadt Ephesos abgeleitet war, weshalb ein Kritiker damals schrieb, bei der Bierpyramide gehe es in Wahrheit darum, dass unsere Epoche zwar einerseits auf einem riesigen Berg an kulturellem Erbe säße, ihr dazu aber nicht sehr viel mehr einfalle, als sich in einer Galerie einen anzutrinken, was dann auch ziemlich genau das war, was die meisten Besucher der Ausstellung taten.

Außerdem hatte Cyprien Gaillard einen Film über Kiew gedreht, in dem hauptsächlich endlose Betonwüsten und kahlköpfige Hooligans zu sehen waren, die sich in diesen trostlosen Gegenden so lange gegenseitig verprügelten, bis sie nicht mehr aufstehen konnten. Damals hatte mir der Film gut gefallen, aber jetzt auf dieser Hotelterrasse, während der Sommerwind vom Dnjepr her gedämpft elektronische Musik zu uns herüberwehte, fand ich ihn nicht mehr unbedingt fair.

Am nächsten Tag besuchten wir im ehemaligen Judenviertel Podil, in dem Bernard Malamuds Roman »Der Fixer« spielte, das Tschernobyl-Museum, in dem ich es allerdings nicht besonders lange aushielt, weil der Sprecher des deutschen Audioguides kaum zwei Sätze vorlesen konnte, ohne ins Stocken zu geraten und neu ansetzen zu müssen. Er klang, als würde er an einem Vorlesewettbewerb für Zweitklässler teilnehmen, und statt mich auf die Exponate im Museum zu konzentrieren, überlegte ich die ganze Zeit, über welche verschlungenen Wege es wohl dazu gekommen war, dass dieser ältere deutsche Mann mit Leseschwäche den Auftrag bekommen hatte, den Audioguide für das Tschernobyl-Museum in Kiew einzusprechen.

Weil der Text außerdem ziemlich unbeholfen formuliert war, hatte ich den Verdacht, dass er ihn auch selbst geschrieben hatte, und während ich durch das Museum lief, hatte ich unentwegt das Bild eines zweiundfünfzigjährigen ostdeutschen Frührentners vor mir, der als junger Mann an einem Austauschprogramm nach Kiew teilgenommen hatte, das von der SED organisiert worden war, und der jetzt in seiner Neubauwohnung in Schwerin oder Magdeburg saß und diesen Text in seinen kleinen Kassettenrekorder sprach, um die Bänder später nach Kiew zu schicken. Und auch wenn ich ein zutiefst unglücklicher und enttäuschter Kunde war, der für sein Eintrittsgeld eine Gegenleistung von niederschmetternder Qualität vorgesetzt bekommen hatte, dachte ich keine Sekunde daran, dem Museum oder gar dem armen Sprecher einen Vorwurf zu machen. Ich ging instinktiv davon aus, dass alle Beteiligten nach bestem Wissen und Gewissen gehandelt hatten und jeder versucht hatte, das Beste aus seinen Möglichkeiten herauszuholen, dass sie aber einfach nichts Besseres abzuliefern in der Lage waren, wodurch sich meine Zuneigung zu diesen verlorenen, irrlichternden Figuren eher noch steigerte. Dieser Gedankengang trat bei mir in dieser oder jener Variante relativ häufig auf, und er nährte in mir den Verdacht, dass ich schlicht ein dysfunktionaler Kunde war: Je schlechter man mich behandelte, desto dankbarer war ich. Meiner Auffassung nach konnte dieser arme Übersetzer nichts für sein Versagen, und weil seiner Stimme deutlich anzumerken war, dass er sich redlich bemühte, konnte er sich meiner Sympathie sicher sein, obwohl er mir den Besuch im Tschernobyl-Museum von Kiew gründlich vermiest hatte.

Während ich vor der Tür auf Steph wartete, die vorhatte, ihren außergewöhnlichen kognitiven Fähigkeiten in diesem Museum noch eine Weile Auslauf zu gewähren, setzte sich der Sicherheitsmann des Museums neben mich und erzählte zwanglos ein paar Geschichten auf Russisch, von denen ich natürlich kein Wort verstand. Als ich ihm mit Händen und Füßen erklärte, dass ich aus Deutschland sei (»Germany! Allemagne! Nemec!«), strahlte er mich glücklich an. Ich fand heraus, dass er ähnlich wie Djadja Borja auch als junger Mann in Deutschland gewesen war, nicht allerdings als Soldat in Thekla, sondern als Raketentechniker in Neustrelitz, einem kleinen Ort nördlich von Berlin, wo sich bis zum Mauerfall eine der größten Militärbasen der Sowjets auf deutschem Boden befunden hatte, was ich nur deshalb wusste, weil seit etwa fünfzehn Jahren auf dem Gelände dieser Militärbasis die »Fusion« stattfand, ein Technofestival, das in Berlin lange Zeit wahnsinnig beliebt gewesen war.

Meine Vermutung war, dass sich für ihn bei unserer Begegnung ein sehr viel größerer historischer Abgrund auftat als für mich: Als junger Mann war er als Besatzer in meinem Land gewesen. Wenn man ihm damals erzählt hätte, dass er im Jahr 2016 für einen Hungerlohn als Sicherheitsmann des Tschernobyl-Museums arbeiten und an einem Nachmittag im Juli plötzlich einem Deutschen gegenübersitzen würde, der ein neues Hemd und blitzsaubere Sneakers trug, als sei überhaupt nichts dabei, hätte er sich mit diesem Gedanken wahrscheinlich nicht besonders lange aufgehalten. Schließlich waren die Deutschen besiegt, die Sowjetunion hatte triumphiert, und jungen Ukrainern wie ihm würde selbstredend die Zukunft gehören. War es nicht das, worauf die Geschichte hinausgelaufen war? Dass die blutrünstigen Deutschen endlich besiegt waren, dass die Russen alles aufgebracht hatten, damit die Welt endlich vor den Deutschen in Sicherheit war? Und jetzt das.

Ich schätze, dass ich für ihn die Inkarnation des absurden Verlaufs war, den die Geschichte genommen hatte, und dass unsere Begegnung in ihm ein Gefühl für die Unberechenbarkeit des Lebens wachrief. Dass er darauf nicht bitter reagierte, sondern laut lachte, ließ eine Courage aufblitzen, ohne die das Leben in der Ukraine wahrscheinlich kaum zu bewältigen war.

Am Nachmittag schauten wir uns das Pinchuk Art Centre an, eine Galerie für moderne Kunst, die der ukrainische Milliardär Wiktor Pintschuk im Zentrum von Kiew eingerichtet hat. Wiktor Pintschuk war in diesem Land, in dem die fünfzig reichsten Männer fast die Hälfte des Gesamtvermögens auf sich vereinten, die zweitreichste Person, weshalb ich annahm, dass er in seiner Galerie vor allem unbezahlbare Milliardärskunst ausstellen würde, Sachen von Picasso, Rothko und Giacometti, wie in einem Yachthafen. Die Galerie war in einer Mall in der Innenstadt untergebracht, in der außerdem der Harem Men's Club residierte, der uns, seitdem wir ukrainischen Boden betreten hatten, unentwegt verfolgte. Anders als die Stripclubs in den familienfreundlichen Innenstädten Westeuropas verbarg sich der Harem Men's Club nicht verschämt in einer Nebenstraße, sondern stellte sicher, dass ihn niemand, der Kiew besuchte, übersehen konnte.

Der Eintritt im Pinchuk Art Centre war kostenlos, es gab zwei Etagen, und beide Etagen widmeten sich den Massakern, die während des Zweiten Weltkriegs an den ukrainischen Juden begangen worden waren. Überall lagen menschliche Knochen auf cremefarbenen Sockeln, es gab jüdische Grabmale, Gedenksteine und eine Fotoserie von jungen Ukrainern, die auf den Bildern nachstellten, was sie tun würden, wenn sie keine Ukrainer wären, sondern Deutsche: Sie würden unentwegt ukrainischen Frauen hinterhersteigen. Deutsche Männer, die sich junge, hübsche ukrainische Frauen unter den Nagel rissen, schienen im ukrainischen Kollektivbewusstsein eine große Rolle zu spielen.

Außerdem gab es noch eine Arbeit mit dem Namen »Zum Tag des Sieges von Herrn Müller«: Im Jahr 1995 hatte ein ukrainisches Künstlerkollektiv namens »Internationaler Masoch Fonds« wahllos Tausende Postkarten an deutsche Männer mit dem Namen Müller geschickt, um ihnen zum 50. Jahrestag des deutschen Siegs im Zweiten Weltkrieg zu gratulieren. Die Künstler sahen es so, dass Deutschland heute wuchs und gedieh, die Deutschen zu den reichsten Völkern der Welt gehörten und ihre Produkte und Marken in der ganzen Welt gefragt waren, während die europäischen Juden noch immer tot und vertrieben waren und die Ukrainer noch immer bettelarm und ein großer militärischer Sieg ja nun wahrlich anders aussehen sollte. In Wirklichkeit hätten die Deutschen den Krieg gewonnen. »Sie scheinen hier von deinem Land geradezu besessen zu sein«, sagte Steph.

Auf der Vorderseite der Postkarte war der verhüllte Reichstag abgebildet, die Kunstaktion von Christo, die die inoffizielle Rückkehr des Landes in die zivilisierte Staatengemeinschaft markiert hatte, und auf der Rückseite stand auf Deutsch:

»Werter Herr Müller!
Hiermit möchten wir Ihnen
recht herzlich gratulieren zum
50. Jahrestag des Sieges.
Wir wünschen Ihnen gute
Gesundheit sowie ein langes und
glückliches Leben.
Für Ihre Arbeit wünschen wir
Ihnen viel Erfolg.
Hochachtungsvoll
Internationaler Masoch Fonds.«

Dem ukrainischen Multimilliardär Wiktor Pintschuk war offenbar ernsthaft daran gelegen, ein neues Bild der Ukraine zu entwerfen und in die moralische Faserstruktur seines Landes einzugreifen. Die Ukrainer hatten sich mit ihrer Beteiligung am Holocaust nie auseinandergesetzt, und das wollte Pintschuk, der selbst Jude war, seinen Landsleuten offenbar nicht durchgehen lassen. Mitten in ihre prachtvolle Hauptstadt, direkt neben den größten Stripclub der Stadt, zwischen Steakhäusern und Sterne-Restaurants, hatte er ihnen eine Galerie gebaut, um ihnen mit ihrer Schuld auf die Nerven zu gehen.

»Hast du diese Zeichnungen von den Pogromen in Lwiw gesehen«, fragte Steph, als wir uns auf den Weg zurück ins Hotel machten.

»Ich glaube, ja. Ich bin mir aber nicht ganz sicher. Meinst du die Bilder neben den Collagen?«

»Was für Collagen?«

»Es gab doch diesen einen Raum, wo eine ganze Wand mit einer Collage aus Zeitungsausschnitten und Filmszenen tapeziert war.«

»Nein, nicht da. Es war ein Extraflügel.«

»Hinter dieser aufgefalteten Wand?«

»Nein, hinter der aufgefalteten Wand gab es nur diesen Raum mit den Hollywood-Stars.«

»Stimmt«, sagte ich mutlos.

»Also hast du sie nicht gesehen?«, fragte Steph.

»Mir kommt es eigentlich so vor, als hätte ich sie gesehen, aber sie stehen mir gerade nicht klar vor Augen.«

»In der oberen Etage ganz am Ende gab es einen Durchgang und dahinter noch einen Raum, in dem diese Bilder hingen, mit hellen Rahmen aus Holz.«

»Nein, da bin ich wohl nicht gewesen.«

Auf dem Heimweg kamen wir an einem Einkaufszentrum vorbei, vor dem drei junge Ukrainer standen und verschiedene Gassenhauer der klassischen Musik spielten. Sie standen in dem einzigen Winkel des Gebäudekomplexes, in dem etwas Schatten zu haben war, direkt neben der Einfahrt zum Parkhaus. Der Ruß der Autos, die hier seit Jahren anhielten, um darauf zu warten, dass der Automat das Ticket ausgab, hatte die Wand dunkel gefärbt. Es waren tote Quadratmeter, die nur existierten, weil sie sich bei der Planung dieses Kiewer Einkaufszentrums eben nicht hatten vermeiden lassen.

»Ich bekomme langsam das Gefühl, dass wir Sanja vielleicht unrecht getan haben«, sagte ich. »In der Ukraine scheint der Antisemitismus tatsächlich tief verwurzelt zu sein. Ich dachte, dass Sanja den Antisemitismus rhetorisch überhöht, um seine Impulsentscheidung, nach Israel zu ziehen, im Nachhinein zu rechtfertigen.«

»Die Falbuschs sind nun wirklich keine besonders jüdischen Juden«, sagte Steph.

»Ich weiß nicht, ob solche Differenzierungen bei Antisemiten verfangen.«

»Genau genommen waren die einzigen Juden in der Familie Slawa und seine Mutter, und sie sind nicht mal auf einem jüdischen Friedhof begraben. Und schon Ljuda und Sanja sind ja überhaupt nicht jüdisch aufgewachsen.«

»Olga ist keine Jüdin?«

»Natürlich nicht, Olga ist Katholikin.«

»Bist du sicher?«

»Natürlich bin ich sicher. Als wir sie das erste Mal getroffen haben, hat sie ein Kreuz um den Hals getragen.«

»Das kommt mir ehrlich gesagt ein wenig ungelegen. Ich habe dem Verlag ein Buch über ukrainische Juden verkauft.«

»Das hättest du dir vielleicht früher überlegen sollen.«

Wir kauften ein Eis und setzten uns in der Nähe der Musiker auf den Bordstein. Die Kiewer hatten eine unbestreitbare Begabung dafür, die Dinge zu ihren Gunsten zu verändern, indem sie sich auf öffentlichen Plätze aufhielten. Auch der letzten großen Revolution vor zwei Jahren war die Besetzung des Majdan-Platzes vorausgegangen. Am Ende dieser Revolution war der korrupte, kleptokratische Präsident nach Russland ins Exil gegangen, und die Regierung wurde neu gewählt. Dann stellte sich innerhalb weniger Monate heraus, dass die neue Regierung auf dieselbe mafiöse Weise Posten vergab wie die alte und dass sie die Reichtümer des Landes ebenso unter sich aufteilte; jetzt zielten die Kiewer bei ihren Platzstürmen niedriger. Sie nahmen sich nicht mehr den symbolisch wichtigsten Platz der Stadt vor, sondern dieses kleine, schattige Dreieck, das zwischen der Parkhauseinfahrt und dem McDonald's lag.

Ich hielt das für die absolut richtige Entscheidung. Ich habe Revolutionen immer für grelle Spektakel gehalten, die vor allem Menschen anzogen, die leicht zu beeindrucken waren. Revolutionen wurden meistens von Leuten vorangetrieben, die glaubten, dass sich all die Erniedrigungen und Zurückweisungen, die sie im Laufe ihres Lebens erlitten hatten, in Luft auflösen würden, wenn man nur ein paar Änderungen an der Regierung vornahm. In Wahrheit aber hatten ihre Schwierigkeiten mit der Regierung meist überhaupt nichts zu tun, und deshalb würde sich nach dem Umsturz für sie auch nicht das Geringste ändern. Sie wären weiter dazu verdammt, von Zeit zu Zeit einen schmerzhaften Kompromiss einzugehen und Niederlagen in Kauf zu nehmen, so wie jeder andere auch. Ich war eher ein Anhänger der stillen Revolution, die Elinor Ostrom beschrieben hat: Wenn sich jeder so verhält, als habe die Revolution schon stattgefunden, ist die Revolution überflüssig. Gleichzeitig ging ich felsenfest davon aus, dass dieser Moment niemals kommen würde.

»Andererseits wächst Katja ja explizit als Jüdin auf«, sagte ich, während die Musiker die Europa-Hymne anstimmten. »Sie fährt in jüdische Sommerlager, sie macht Ausflüge mit jüdischen Organisationen. Die Familie nimmt den Faden wieder auf. Das wird schon passen.«

Auf dem Rückweg in unser Hotel machten wir in einem Restaurant halt, auf dessen Terrasse ein paar Deutsche saßen, die den Eindruck machten, routinierte Kiewer Restaurantkunden zu sein, und etwas Vertrauenerweckenderes hätten wir uns in diesem Moment gar nicht vorstellen können. Wir blätterten in der Karte, stellten fest, dass alles auf Ukrainisch verfasst war, hofften, dass der Kellner Englisch sprach, was er tat, und bestellten dankbar einen Liter Birkensaft und zwei Pizzen, während am Nebentisch ein Treffen zwischen einer jungen ukrainischen Prostituierten und einem deutschen Sextouristen zu Ende ging. Die Teller waren leer, die Rechnung lag auf dem Tisch, und die Prostituierte, die sehr jung aussah, redete ohne Unterlass und in einem geschliffenen Englisch auf den Mann ein. Sie plauderte fröhlich vor sich hin, sie sah außergewöhnlich gut dabei aus, und der deutsche Sextourist, der genauso aussah, wie ich mir einen deutschen Sextouristen vorgestellt hätte – klein, furchtsam, gepflegter Schnurrbart –, starrte sie begeistert an.

Und wie immer wirkten Verhältnisse, die von ferne betrachtet klar auf der Hand lagen, zunehmend kompliziert, je näher man ihnen war. Es bestand die Möglichkeit, dass die Ukrainerin erwachsene fünfundzwanzig Jahre alt war und keinen puritanischen Sex-Komplex mit sich herumtrug, sondern in der Lage war, entspannt mit ihrem Körper umzugehen, und dass sie vielleicht sogar eine gewisse Freude daran hatte, diesen verlorenen, einsamen Männern aus dem Westen die verrücktesten Laute zu entlocken und ihnen auf eine Weise körperliche Erleichterung zu verschaffen, wie es etwa eine Krankenschwester tat, die einem Patienten den Rücken einrenkte. Vielleicht gab es unter den ukrainischen Männern in ihrem Leben keinen einzigen, der sie mit solcher Faszination und bedingungsloser Bewunderung ansah, wie dieser Deutsche es gerade tat, und womöglich verschafften ihr diese Momente eine Handlungsfreiheit, die sonst nicht vorkam. Das war durchaus denkbar.

Der Deutsche bezahlte die Rechnung, sie liefen in kurzem Abstand hintereinander zum Ausgang, traten auf den Bürgersteig und umarmten sich freundschaftlich. Vor dem Restaurant fuhr ein weißer Landrover mit getönten Scheiben vor, schluckte die Ukrainerin und ließ den Deutschen, der dem Wagen nachsah, bis er um die nächste Ecke bog, allein auf dem Bürgersteig zurück.

Steph sagte, dass Kiew an jeder Ecke aussehe wie eine andere Stadt, aber nicht wie eine beliebige andere Stadt, sondern eine, die sich eindeutig bestimmen ließ. Diese Straße hier könne sich zum Beispiel genauso in Berlin-Kreuzberg befinden, man müsse dafür nicht einen Kieselstein bewegen, während das Viertel um die Michaelskirche aussah wie Montmartre.

»Stimmt«, sagte ich, »das ist vielleicht das markanteste Merkmal dieser Stadt.«

»Wirst du das in deinem Buch verwenden?«

»Das werde ich aller Wahrscheinlichkeit nach tun.«

Dann klopfte ein Bettler an den Holzzaun der Restaurantterrasse und hielt uns eine offene Hand entgegen.

»Ich habe noch das Sandwich aus dem Flugzeug«, sagte ich zu Steph.

»Meinst du, das ist noch gut?«

»Es war deine Idee, es einem Obdachlosen zu geben. Das ist die Gelegenheit.«

»Jetzt weiß ich aber nicht mehr, ob das wirklich so eine gute Idee ist.«

»Es ist in Folie eingeschweißt, wir haben es gekühlt, und außerdem sind nur Tomaten und Mozzarella drauf. Das wird schon okay sein.«

Ich zog das Sandwich aus meinem Beutel, untersuchte es flüchtig auf Hinweise des Verfalls, und reichte es dem Obdachlosen, der seine Hand zurückzog und sagte: »Money, Money.«

»Ich habe nur das Sandwich«, sagte ich auf Deutsch und bedeutete ihm, dass er vor der einfachen Entscheidung stand, heute Nachmittag noch ein relativ frisches Ukraine-Airlines-Sandwich zu ergattern oder aber das Risiko in Kauf zu nehmen, überhaupt nichts zu bekommen. Er überlegte relativ lange, ließ sich aber letzten Endes auf das Sandwich ein. Am liebsten hätte ich mit ihm eingeschlagen, um den Deal zu besiegeln.

In dem Jahr, das seit unserem letzten Besuch in Uschgorod vergangen war, hatte sich meine Mutter in der Hoffnung, Antworten auf alle möglichen Fragen zu finden, inhaltlich mit dem Judentum auseinandergesetzt. Sie ist unter anderem zum ersten Mal in ihrem Leben in eine Synagoge gegangen, aber dass die Frauen dort getrennt von den Männern auf einer unbequemen Bank am Rand sitzen mussten (»Mitten in Berlin!«), ärgerte sie, und sie ist nie dorthin zurückgekehrt. Nach der Arbeit traf sie sich häufiger mit einem Kollegen, der erstens Jude war und den sie zweitens mochte, weshalb es ihr leichtfiel, sich ihm anzuvertrauen. Wochenlang sind sie gemeinsam in Restaurants gegangen, aber so unvermittelt, wie diese Geschichte begonnen hatte, hat sie auch wieder geendet.

Auf einer internationalen Handelsmesse in Berlin, bei der sämtliche Länder der Welt in einer riesigen Wellblechhalle landestypische Produkte anboten, hatte sie die Inhaber einer kleinen ukrainischen Schneiderei kennengelernt, bei denen sie neue Vorhänge bestellte. In der Burg Palanok bei Mukatschewo hatte sie letztes Jahr ein Muster entdeckt, das ihr typisch ukrainisch vorkam, und um sich ein wenig von dieser rührenden Ursprünglichkeit nach Hause zu holen, hatte sie vor, sich genau dieses Muster ins Wohnzimmer zu hängen.

Im Zuge des Bestellprozesses fand sie allerdings heraus, dass es nahezu unmöglich war, sich ein Paket aus der Ukraine nach Deutschland schicken zu lassen, weil die Behörden so ein Paket grundsätzlich für ein Indiz für das organisierte

Verbrechen hielten. Mehrere Male und verschiedenen Institutionen gegenüber musste meine Mutter ausdrücklich bestätigen, dass sie tatsächlich und aus freien Stücken Geld an die angegebene ukrainische Kontoverbindung überwiesen hatte und dass es wirklich nur um handgefertigte Vorhänge gehe, so unvorstellbar das auch erscheinen möge.

Kurz darauf veranstaltete sie einen ukrainischen Abend für ihre Nachbarn, wobei ein Thema aufkam, von dem ich noch nichts gehört hatte, das in dieser Runde aber offensichtlich nicht zum ersten Mal besprochen wurde: Ulrike, die zwei Häuser weiter wohnte und aus Altersgründen bald ihre Zahnarztpraxis schließen musste, trug sich mit dem Gedanken, in unserer Vorstadtsiedlung ein Restaurant zu eröffnen. Es gab in dieser Gegend bislang nur ein einziges Lokal, und das führte vor allem Bier und Soljanka, und wenn man etwas minimal Raffinierteres essen wollte, musste man entweder selbst kochen oder mindestens dreißig Minuten mit dem Auto fahren. Hier hatte Ulrike eine Marktlücke erkannt, und weil außerdem vorne an der Dorfstraße eine alte Scheune zum Verkauf stand, war die Gelegenheit gerade so günstig wie vielleicht nie wieder. Man könnte die Scheune herrichten und in eine kleine Gastwirtschaft umbauen, mit sauberen Tischen, regionaler Küche und ausgewählten Weinen.

Ich unterstützte Ulrikes Plan von ganzem Herzen und sagte, die Demografie sei auf ihrer Seite. Seit dem Ende der DDR hatte sich unsere kleine Vorstadtsiedlung spürbar verändert. Die kleinen, selbst gezimmerten Datschen, in denen vor allem windige Aussteiger lebten, waren größeren Familiendomizilen gewichen, es zogen zusehends Ärzte und Unternehmer hierher. Wirtschaftlich erfolgreiche Ostdeutsche, die sich von den nahe gelegenen Plattenbauvierteln nicht irritieren ließen, weil sie sie noch aus ihrer Jugend kannten und es ihnen ohnehin wichtiger war, unter ihresgleichen zu leben.

»Aber dass die Leute gerade erst Häuser gebaut haben, spricht eher gegen das Restaurant«, sagte meine Mutter. »Sie haben einen Kredit aufgenommen, die Kinder fressen ihnen die Haare vom Kopf, sie sind von ihrem Garten vollkommen überfordert. Diese Leute gehen abends nicht ins Restaurant, um dort dreißig, vierzig Euro auszugeben.«

»Das ist doch reine Spekulation«, sagte ich.

»Die Leute in unserer Siedlung sind auch einfach nicht der Typ für Restaurantbesuche«, sagte meine Mutter. »Du bist der Typ dafür, Ulrike ist der Typ dafür, und ich bin auch der Typ dafür. Aber die anderen hier sind es nicht. Sie bleiben zu Hause.«

»Wenn es doch ihr Traum ist, sollte sie sich das wenigstens etwas genauer anschauen«, sagte ich. Und dann, an meine Mutter gewandt: »Du schaust immer so stur auf die Zahlen.«

»Ja natürlich, ich bin ja auch Jüdin!«

»Ja, neuerdings«, sagte Ulrike etwas spitz.

»Nein, schon immer!«, rief meine Mutter. »Ich wusste es nur nicht.«

Wenn man an einem Samstagabend im Winter in unserer Vorstadtsiedlung auf die Straße trat, sah man sich mit einer dunklen, endlosen Stille konfrontiert, obwohl hier nicht einmal wenige Menschen lebten. Die aber gingen früh ins Bett. Und aus irgendeinem Grund führte diese vollkommene Stille bei mir immer dazu, die Gespräche hinter den leuchtenden Fenstern für gewichtiger und folgenschwerer zu halten als zum Beispiel die Gespräche, die man in der Innenstadt führte und die häufig von einem unablässigen Strom gleichwertig relevanter Ereignisse und Eindrücke mitgerissen wurden. Vielleicht war das der Grund, warum ich später am

Abend, als die Nachbarn gegangen waren, noch einmal auf diesen Satz zurückkam.

»Sag mal, als du vorhin gesagt hast, dass du schon immer Jüdin warst …«

Obwohl ich den Satz so beiläufig wie möglich gesagt hatte, spürte meine Mutter sofort, dass es um eine Angelegenheit ging, die mir wichtig war, und runzelte misstrauisch die Brauen. Ich hatte dieses Gespräch begonnen, während ich etwas Rotwein aus der Flasche nachschenkte, die wir noch aufgemacht hatten, obwohl es weit nach Mitternacht war. Im Zuge dieser Geste konnte man nur eine Plattitüde von sich geben oder gar nichts sagen. Schnitt man ein bedeutsames Thema an, wurde es sofort tonnenschwer. Ich hatte die Sache völlig falsch angepackt.

»… du hast das mit der Bemerkung verbunden, dass du deshalb auf Zahlen achtest.«

»Das tue ich doch auch. Das weißt du.«

»Sicher. Aber wenn du sagst, das liege daran, dass du Jüdin bist, dann bedienst du dich antisemitischer Klischees.«

Es war eine undankbare Rolle, die ich da spielte, und ich spielte sie nicht gern. Ein junger Moralist, der seine Mutter in ihrem eigenen Haus maßregelte. Einiges hätte dafür gesprochen, diese Kleinigkeit einfach zu übergehen. Ich wusste ja, dass sie keine Antisemitin war, sondern lediglich an die Macht der Vererbung glaubte, an molekulare Informationen in unserer DNA-Helix, die uns zu dem machten, was wir waren, und die zu bekämpfen sich nicht lohnte.

Deshalb sah sie auch so vieles in völlig neuem Licht, seit sie ihren Vater gefunden hatte. Gewisse Seiten ihrer Persönlichkeit, die ihr bislang rätselhaft erschienen und manchmal wie Krisensymptome vorgekommen waren, führte sie nun direkt auf ihren Vater zurück. Meine Mutter trank gern Wein, weil ihr Vater gern Wein getrunken hatte. Sie unterhielt gern ihre Gäste, weil ihr Vater gern seine Gäste unterhalten hatte. Und sie konnte gut mit Zahlen umgehen, weil ihr Vater Jude war. Das vereinfachte manches. Vor Kurzem hatte sie ein Porträt ihres Vaters im Esszimmer aufgehängt, an die prominenteste Stelle des Raumes, wo in anderen Haushalten die Porträts von Fidel Castro, Jesus Christus oder Mahatma Gandhi hingen, und manchmal, wenn sie abends allein in ihrem Haus saß, schaute sie schweigend zu ihm hinauf.

Andererseits war ich nun einmal derjenige von uns beiden, der in den Umgangsformen des digitalen Zeitalters besser geschult war, und das brachte eine gewisse Verantwortung mit sich, die darin bestand, sie vor dem Unheil zu bewahren, das ihr zum Beispiel bevorstünde, wenn sie solche Bemerkungen in der Schule fallen ließ. Wenn sie zum Beispiel zu einer ihrer Schülerinnen, während sie ihr einen exzellenten Test zurückgab, sagte: »Dass Ihnen die Mathematik leichtfällt, überrascht mich nicht im Geringsten, Sie sind schließlich Jüdin.« Dazu wäre meine Mutter absolut in der Lage, und sie würde es ausschließlich freundlich und aufmunternd meinen. Von da an wären es im Zweifelsfall nur noch Sekunden, bis eine andere Schülerin ein Foto meiner Mutter, auf dem sie arglos hinter dem Lehrertisch steht und die häufigsten Fehler des Tests durchspricht, auf Facebook hochgeladen hätte, mit der Bemerkung: »Unfassbar: Diese Ostdeutsche hat gerade gesagt, Rahel könne gut mit Zahlen umgehen, weil sie Jüdin sei. #antisemitism #fail #racist«. Das Foto würde sich in den Foren der zuständigen Bürgerrechtsgruppen rasend schnell verbreiten, engagierte Journalisten würden darauf aufmerksam, gingen der Geschichte auf den Grund, und plötzlich würde die Schulleiterin und der zuständige Senator Stellung dazu beziehen müssen, wie sie mit der einschlägig bekannten Antisemitin in ihrem Lehrkörper weiter zu verfahren gedachten. Solche Dinge kamen jeden Tag vor.

»Wie soll ich denn mir selbst gegenüber antisemitisch sein?«, fragte meine Mutter.

Ein Antisemit war für sie ein fanatischer Wirrkopf mit ungewaschenen Haaren, der Juden hasste und Verschwörungstheorien anhing. Nichts davon traf auf sie zu.

»Du bist natürlich nicht dir selbst gegenüber antisemitisch«, sagte ich. »Du bist überhaupt nicht antisemitisch. Aber dass Juden besonders gut mit Zahlen umgehen können und ein Auge fürs Geschäft haben, ist ein antisemitisches Klischee, und das solltest du nicht verwenden, wenn du nicht für eine Antisemitin gehalten werden willst. Du begibst dich damit in Fahrwasser, in denen du einfach nicht unterwegs sein willst. Es ist, als würde man sagen, dass Afrikaner gut tanzen können oder besonders lebensfroh sind. Selbst wenn es positiv gemeint ist, ist es trotzdem rassistisch.«

Ich bemühte mich, so zu klingen, als beschriebe ich aus gewisser Distanz eine absolute Tatsache, die gut erforscht war. Meine Mutter war jederzeit bereit, sich alles durch den Kopf gehen zu lassen, wenn man in der Lage war, seine Standpunkte wissenschaftlich und neutral darzulegen. Falls sie meine Anmerkungen persönlich genommen hatte, war sie jetzt schon wieder darüber hinweg. Meine Mutter war immer daran interessiert, etwas Neues und Allgemeingültiges zu erfahren. Das war vielleicht ihre größte Stärke.

Bevor meine Mutter am ersten Tag der Sommerferien die zehnstündige Fahrt nach Lemberg antrat, hatte sie sich ein neues, größeres Auto gekauft, in dem wir alle Platz haben würden: Katja, Olga, Ljuda, Steph, sie und ich. Sie hatte ohnehin vorgehabt, sich einen SUV zu kaufen, wusste aber lange nicht, wie sie ihre Skrupel überwinden sollte, die daher rührten, dass sie so einen Wagen für ihre einsamen Fahrten durch die Stadt natürlich nicht brauchte und sie den anderen Autofahrern, die sich während der Stoßzeiten allein in ihren überdimensionierten Jeeps und SUVs durch die Berliner Innenstadt zwängten, selbst moralische Vorhaltungen machte, da es nun einmal nicht zu vertreten war, drei Tonnen Stahl in Bewegung zu setzen, nur weil ein Einzelner noch Mortadella oder eine Mango einkaufen wollte. Wenn sich jeder so verhielt, konnten wir unseren Planeten bald vergessen, das war die Wahrheit.

Die Anforderungen ihrer neuen, vergrößerten Familie hatten in dieser Sache allerdings ein Fenster geöffnet: Wenn man jeden Sommer sieben Personen herumkutschieren musste, lagen die Dinge deutlich anders. Gerade für die zweiundsiebzigjährige Olga war es eigentlich nicht zumutbar, sich in den kleinen A1 zu zwängen. Außerdem waren die Zinsen in diesen Tagen so niedrig, dass es geradezu unverantwortlich war, Geld auf der Bank zu horten. Darüber hinaus hatte es im erweiterten Bekanntenkreis meiner Mutter in diesem Jahr verschiedene überraschende Todesfälle gegeben, die für die Kaufentscheidung vielleicht den entscheidenden Ausschlag gegeben hatten. Worin, bitte schön, bestand der Sinn von Verzicht, wenn alles jederzeit vorbei sein konnte? Am Ende stand jedenfalls ein nagelneuer Audi Q3 in ihrer Garage, frisch aus der Fabrik, eine unvernünftige, stimulierende Anschaffung.

Die Fahrt von Berlin nach Lemberg – über Eisenhüttenstadt, Breslau, Katowice, Krakau, immer geradewegs nach Osten – musste sie allein bewältigen, ausgerüstet mit einem Hörbuch, das ich ihr empfohlen hatte. »Das Hörbuch handelt von einer jüdischen Familiengeschichte«, hatte ich ihr in unserem gemeinsamen Chat, in dem wir den Großteil unserer Gespräche führten, geschrieben, »Das wird dich bestimmt interessieren.« Als sie allerdings in unserem Hotel in Lemberg ankam, gestand sie, dass Hörbücher eine so sedierende Wirkung auf sie ausübten, dass sie entweder einschlief oder sich in Gedanken verlor, und wenn ihre Aufmerksamkeit wieder zum Text zurückkehrte, war die Geschichte so weit fortgeschritten, dass sie überhaupt nichts mehr verstand.

Letztlich lief das darauf hinaus, dass sie Hörbücher immer wieder aufs Neue beginnen musste, sodass es insgesamt viel länger dauerte, als wenn sie die Bücher einfach las, wozu sie allerdings wiederum viel zu selten kam. Worum es in diesem Hörbuch ging, das ich ihr empfohlen hatte, darüber konnte sie jedenfalls nichts sagen.

Sie parkte ihr Auto auf dem bewachten Parkplatz vor dem Lemberger Kunstmuseum, das frisch saniert war und aussah wie ein Schloss in den Parkanlagen von Potsdam und in dem außerdem ein Bild von Élisabeth Vigée-Lebrun hing, die vor der Französischen Revolution die Lieblingsmalerin des französischen Hofes gewesen ist und eine enge Freundin von Marie Antoinette. Eigentlich könnte Élisabeth Vigée-Lebrun heute wie Marie Curie oder Virginia Woolf eine Ikone des Feminismus sein, weil sie sich in einer Zeit, in der Frauen die emotionale Komplexität, die nötig war, um echte Malerei zu betreiben, nicht zugetraut wurde, als Künstlerin in Paris durchgesetzt hatte und sogar in die Französische Akademie der Künste aufgenommen wurde. Aber sie war eben eine Royalistin, und das haben ihr die französischen Republikaner bis heute nicht verziehen. Es war eine der Begleiterscheinungen meiner Beziehung mit Steph, dass ich jetzt über solche Lebensläufe Bescheid wusste.

Lemberg war eine prachtvolle, erfolgreiche Stadt, die wusste, wie man aus seinen Sehenswürdigkeiten das Beste machte (die zahllosen Kirchen und Kathedralen, die Oper, der Aussichtspunkt vor der Stadt, die Gründerzeitviertel und der große, beeindruckende Friedhof, der im Reiseführer »der Père Lachaise Osteuropas« genannt wurde). Gleichzeitig ging die Stadt den Touristen mit ihrer Geschichte nicht auf die Nerven. Im 19. Jahrhundert bestand die Bevölkerung Lembergs noch zu einem Drittel aus Juden. Heute lebten hier so gut wie gar keine mehr, und Denkmäler, die an die Pogrome erinnerten, gab es auch nicht.

Dafür parkten uniformierte Mitglieder der faschistischen Miliz »Roter Sektor« vor dem größten Brunnen der Stadt, hoben ihre rot-schwarze Flagge in die Höhe und ließen sich von Passanten fotografieren, die ihnen Gratulationen und Glückwünsche zuriefen, weil sie sich im Osten des Landes tapfer den Russen entgegenwarfen. Und über dem Eingang des zweitteuersten Hotels der Stadt wehte die orange Flagge des Champions-League-Clubs Schachtjor Donezk, der jetzt im Stadion von Lemberg spielte, weil sein eigenes Stadion tausend Kilometer östlich von hier in diesem Moment wahrscheinlich von russischen Soldaten unter Beschuss genommen wurde.

Wenn man durch die Ukraine reiste, bewegte man sich durch ein über Generationen gewachsenes, ziemlich unübersichtliches Geflecht aus verschiedenen Mikro-Ideologien, die darauf ausgerichtet waren, den Anhängern anderer Mikro-Ideologien den Tod an den Hals zu wünschen, ihnen ihre Häuser wegzunehmen, ihre Körper in Gruben draußen vor der Stadt zu verscharren und dann die Angelegenheit nie wieder zur Sprache zu bringen. Bei unseren Rundgängen durch Lemberg hatte ich zum ersten Mal das Gefühl, dass der Besuch in diesem verhärmten Land, obwohl es erst unser zweiter war, vielleicht auch schon unser letzter sein würde. In dieser europäischen Region lag eine frostige Unerbittlichkeit in der Luft. Man bekam den Eindruck, dass man unentwegt einem gewissen Risiko ausgesetzt war, wenn man kein Nationalist war oder die Vormachtstellung des »Roten Sektors« in Zweifel zog. Mir fiel Kostjas Bemerkung ein, dass man in der Ukraine genötigt werde, sich einem Stamm anzuschließen und diesem dann für immer die Treue zu schwören. Es war nicht selbstverständlich, dass er das bemerkt hatte und nach Auswegen Ausschau hielt. Ich glaube, er war ein schlauer Junge.

Im letzten Sommer hatte sich die Reise noch sehr viel erhebender angefühlt. Wir waren einer noch ungewissen Zukunft entgegengefahren, die irgendwo im unbekannten Osten auf uns wartete und uns vollkommen neue Horizonte verhieß. Wir teilten die unausgesprochene Hoffnung, dass die Reise unseren Blick auf die Welt und auf uns selbst für immer verändern würde. Unsere ukrainischen Verwandten hatten damals gemutmaßt, dass der Name »Falbusch« von einem deutschen Baron stammte, der seinen Adelstitel abgelegt hatte, als die Sowjets nach der Oktoberrevolution anfingen, Jagd auf Aristokraten zu machen. Die Aussicht, einem alten Adelsgeschlecht abzustammen, schien meiner Mutter gut zu gefallen, auch wenn wir nur ganz am Anfang, in der Phase des größten Überschwangs, als noch alles im Dunkeln lag und vieles möglich schien, ein einziges Mal darüber gesprochen hatten und dann nie wieder darauf zurückgekommen waren.

Was wir allerdings in der Zwischenzeit rekonstruieren konnten, war dies: Der Vater von Slawa, von dem der Name stammte, hieß Boris Falbusch und war Angehöriger der deutschen Minderheit in Russland. Er hatte in Moskau »Geschichte der kommunistischen Partei« auf Lehramt studiert und war nach seinem Diplom als Grenzsoldat nach Taschkent gegangen, wo er in Windeseile aufstieg, weil in der Zeit der stalinistischen Säuberungen seine Vorgesetzten der Reihe nach im Gulag landeten, sodass die Position über ihm immer recht schnell neu besetzt werden musste. Nach ein paar Jahren bekam er kalte Füße, weil Stalin vor allem Angehörige ethnischer Minderheiten und hohe Militärs im Verdacht hatte, das sowjetische Imperium zu hintertreiben, und beides mittlerweile auch auf ihn zutraf.

Als Vorsichtsmaßnahme ließ er sich an eine Offiziersschule in Charkow versetzen, um dort die Geschichte der kommunistischen Partei zu unterrichten und wenigstens kein aktives Mitglied der Armee mehr zu sein. Auf diese Weise, hoffte er, könnte er von Stalins Radar verschwinden. Als Geschichtslehrer zog er allerdings aus den Materialien, die ihm zur Verfügung gestellt wurden, auffallend eigene Schlüsse, und als sich herumsprach, dass Josef Stalin in den Unterrichtsstunden des Boris Falbusch nicht immer die glanzvolle Rolle einnahm, die ihm eigentlich zustand, wurde mein Urgroßvater zur Strafe in die äußerste Provinz des sowjetischen Reiches versetzt, in die irrelevanteste Region, die man sich in Moskau vorstellen konnte, nach Transkarpatien, in das kleine Städtchen Mukatschewo, irgendwo hinter den Karpaten. Dort kam die Familie 1951 an. Mein Großvater Slawa Falbusch war gerade neun Jahre alt.

Zwei Jahre später starb Stalin, und sein Nachfolger Nikita Chruschtschow rief die Zeit der Entstalinisierung aus. Von einem Tag auf den anderen wendete sich das Blatt, und die kritische Haltung, die Boris Falbusch gegenüber Stalin in seinen Geschichtsstunden eingenommen hatte, war plötzlich kein Makel mehr, sondern eine Auszeichnung. Er arbeitete noch ein paar Jahre als Lehrer und ging dann als angesehener Intellektueller, hochdekorierter Offizier der sowjetischen Armee und allgemein großer Gewinner der Geschichte, dessen stille Manöver allesamt aufgegangen waren, in Rente. Er hatte seine Karten perfekt gespielt. Er wurde mit allen Sonderrechten, Privilegien und Zulagen ausgestattet, die man sich nur denken konnte, und musste nicht viel mehr tun, als seinen langen, beschaulichen Ruhestand zu genießen und dabei zuzusehen, wie seine Saat aufging und sich seine Familie zu einer der tragenden Säulen des transkarpatischen Bürgertums entwickelte.

Wir verbrachten eine Nacht in Lemberg, bevor wir am nächsten Morgen in den neuen Audi steigen und nach Süden fahren würden, um unsere ukrainischen Verwandten in die Arme zu schließen. Im Geheimen hatte ich mich seit Monaten auf diese Fahrt gefreut. Zweihundertfünfzig Kilometer durch die Karpaten, über kurvige, enge Straßen, vorbei an unberührten Dörfern und zerfallenen Gehöften, mit atemberaubenden Ausblicken über die Landschaft, alten Frauen mit Kopftüchern, die auf den Fensterbänken lehnten und den vorbeifahrenden Autos nachsahen, und vierzig Jahre alten Traktoren, die wir mit unserem überlegenen Motor der Reihe nach spielend überholen würden.

Wir luden unsere Koffer in den Kofferraum, verstauten die Schokolade, die Haribo-Tüten und die Pralinen für die Familie Falbusch in der Kühlbox und begutachteten mit großer Anerkennung die teure Anti-Aging-Kosmetik, die uns meine Großmutter mit auf die Reise gegeben hatte. Auch sie hatte im vergangenen Jahr eine Entwicklung durchgemacht, mit der wir nicht unbedingt gerechnet hatten. Als meine Mutter ihr erzählt hatte, dass wir uns auf die Suche nach Wjatscheslaw Falbusch begaben, hatte sie sich zuerst erkundigt, ob wir nichts Besseres zu tun hätten, schließlich habe meine Mutter doch schon einen Vater, und mehr als einen brauche nun wirklich niemand.

Erst als ihr meine Mutter einige Wochen später am Telefon erzählte, dass wir Slawas Familie tatsächlich ausfindig gemacht hatten und dass er ihren gemeinsamen Sommer in Leningrad keineswegs abgeschüttelt und nie wieder einen Gedanken an sie verschwendet hatte, sondern dass er im Gegenteil bis an sein Lebensende von ihr und seiner deutschen Tochter gesprochen, dass er außerdem ihre Briefe aufgehoben hatte und dass seine Witwe bis heute ein Foto von ihr zu Hause aufbewahre, erst dann hatte sie ihren Widerstand aufgegeben und mit brechender Stimme gesagt: »Ich muss jetzt auflegen. Ich rufe dich zurück.« So hat es meine Mutter erzählt. Und so wird es wohl gewesen sein.

Seitdem hatte sich ihr Ton geändert: Als wir ihr aus Uschgorod ein Foto vom Grab des charmanten Ukrainers schickten, mit dem sie vor fünfzig Jahren als dreiundzwanzigjährige Medizinstudentin den besten Sommer ihres Lebens verbracht hatte, schrieb sie zurück: »Vielen Dank, dass ich das noch erleben darf.« Und jetzt hatte sie uns ein Paket mit verschiedenen Cremes und Tinkturen, die sie im KaDeWe gekauft hatte, mit auf den Weg gegeben, mit dem Auftrag, es Olga zu überreichen. Es war ein freundschaftlicher Gruß unter zweiundsiebzigjährigen Frauen, die vor langer Zeit einmal denselben Mann geliebt hatten und auch heute wieder vor denselben Problemen standen.

Wie im letzten Jahr trafen wir Ljuda und Katja im Innenhof unseres Hotels, und es war alles genau so, wie wir es zurückgelassen hatten. Hinter der Rezeption saß dieselbe Rezeptionistin, eine junge, aufgetakelte Ukrainerin, die rund um die Uhr von Freunden umgeben war, und auf den Flachbildschirmen in der Hotelbar liefen dieselben russischen Dance-Pop-Videos wie letztes Jahr, und vielleicht trug das alles dazu bei, dass auch wir unser Auto wieder an genau derselben Stelle parkten.

Ljuda hatte sich für den Anlass herausgeputzt. Sie trug die langen schwarzen Haare hochgesteckt, sie hatte Make-up aufgetragen und Schmuck angelegt, als würde sie in Berlin-Mitte eine Ausstellung eröffnen. Das fanden wir einerseits schmeichelhaft, andererseits kam es uns etwas offiziös vor. Es wäre uns lieber gewesen, wenn sie uns wie ganz normale Familienmitglieder behandelt hätte. So sahen wir uns selbst, und so wollten wir auch gern gesehen werden. Aus dem Augenwinkel inspizierte sie uns von oben bis unten.

»Seid ihr wohlauf? Ich kann mir gar nicht vorstellen, wie schwer ihr es haben müsst.«

»Oh, es war wirklich kein Problem«, sagte meine Mutter. »Wir haben ein gutes Hotel gefunden und einfach ausgespannt.«

»Ich glaube, sie meint nicht Lemberg«, flüsterte ich auf Deutsch.

Ljuda und die anderen Mitglieder unserer ukrainischen Familie informierten sich über Politik in erster Linie im russischen Staatsfernsehen, und dort hieß es seit Monaten, Deutschland werde von marodierenden Muslimen überrannt, die sich bei ihren Plünderungen deutsche Frauen unter den Nagel rissen, als seien sie im Schlussverkauf. Die deutsche Regierung lasse das auf Weisung der USA geschehen und werfe ihr eigenes Volk den arabischen Horden gewissermaßen zum Fraß vor, weshalb sich die Deutschen jetzt bewaffneten, um für den bevorstehenden Bürgerkrieg gerüstet zu sein. Und Ljuda wollte nun ihrer Erleichterung darüber Ausdruck verleihen, dass es uns gelungen war, diesen Zuständen zu entkommen.

»In Deutschland ist alles friedlich«, sagte ich, »wahrscheinlich sogar friedlicher, als es je gewesen ist.«

»Aber ihr habt so viele Muslime ins Land gelassen, das kann nicht gut ausgehen. Das wäre hier nicht möglich.«

»Damit hast du vermutlich recht. Aber du musst dir wirklich keine Sorgen machen.«

»Das ist leicht gesagt, wenn es ständig Anschläge gibt. Bei jedem Anschlag muss ich jetzt an meine Schwester in Deutschland denken.«

»Ljuda«, sagte ich, »du kannst völlig unbesorgt sein.«

Komplett unüberzeugt schaute sie mich an. Zwischen uns und den Fernsehnachrichten stand es Aussage gegen Aussage.

»Seht ihr, genauso war es letztes Jahr mit der Schießerei in Mukatschewo«, sagte sie und küsste meine Mutter noch einmal auf die Wange, als wollte sie von vorn anfangen. »Ihr dachtet, es war eine große Sache, und wir haben es kaum mitbekommen.«

»Ganz genau so«, sagte ich, obwohl es natürlich überhaupt nicht zu vergleichen war. Allerdings war uns allen an einem ungetrübten Wiedersehen gelegen, weshalb wir uns darauf einigten, dass wir allesamt in die Irre geführt worden waren und man gegen die undurchsichtigen Spiele der Mächtigen nichts ausrichten konnte, weshalb es nun umso mehr galt, die wertvolle Zeit, die uns gemeinsam zur Verfügung stand, für das Angenehme zu nutzen.

Von den Kindern zum Beispiel gab es nur die besten Neuigkeiten zu berichten. Kostja hatte seinen Abschluss gemacht, die israelische Staatsbürgerschaft angenommen und arbeitete jetzt tageweise für eine Firma, die Events organisierte. Bei den Kunden dieser Firma handelte es sich in erster Linie um Millionäre, die sich für ihre Familienfeste ganze Festival-Landschaften errichten ließen. Wenn also die Tochter eines reichen Israelis am Strand von Tel Aviv heiratete und das drei Tage lang gefeiert wurde, arbeitete Kostja drei Tage am Stück und bekam dafür mehr Lohn als Ljuda in zwei Monaten.

»Aber das ist ja furchtbar«, sagte meine Mutter halb aus Mitleid mit Ljuda, halb aus einem verletzten globalen Gerechtigkeitsgefühl.

»Jetzt schickt er endlich Geld nach Hause«, sagte Ljuda, die das vollkommen überhört hatte. Sie wirkte entschieden glücklich.

»Außerdem bereitet er sich auf die Pilotenprüfung vor, als erster Absolvent seiner Schule seit zehn Jahren. Das wird schwer, aber er möchte es versuchen. Dann wäre er zehn Jahre beim Militär, bekäme ein gutes Gehalt, eine große Wohnung, alles.«

In Israel verhalte es sich so, dass sich alle Fahrgäste erhoben, sobald ein Pilot in einen Bus einsteige. Kostja werde nie arm sein. Außerdem setze er eine Familientradition fort: Auch der Großvater seines Vaters sei ein Kampfpilot gewesen und außerdem ein sowjetischer Kriegsheld.

Ljuda war sehr stolz auf den Erfolg ihres Sohnes, und das

nicht ohne Grund, schließlich war es auch ihr Erfolg. Sie war es, die die Sache mit Israel eingefädelt hatte, sie war es, die ihn in dem Internat untergebracht hatte. Einmal im Jahr eröffnete der Staat Israel in Kiew eine Art Assessment-Center für junge ukrainische Juden, die ein israelisches Internat besuchen wollten. Dort konnte man sich bewerben und ein mehrstufiges Verfahren durchlaufen, das aus Wissenstests und psychologischen Gutachten bestand. Kostja hatten die israelischen Psychologen gefragt, warum er nach Israel wolle, mit wem er seine Freizeit verbringe, was er mit seinen Freunden unternehme und wie er sich verhalte, wenn er einen Obdachlosen sah. Zwei Mal war Kostja bei diesem Prozess durchgefallen, was vor allem daran lag, dass er in den Interviews trotzig und lustlos gewirkt hatte. Erst beim dritten Mal überzeugte er die Jury.

Ljuda hatte ihn jedes Mal überreden müssen, diese Prozedur über sich ergehen zu lassen, und sie hatte ihn jedes Mal bis nach Kiew gefahren, sieben Stunden mit der Bahn, eine erhebliche Mehrausgabe, die sie mit zusätzlichen Privatstunden kompensiert hatte. Wenn aus Kostja also tatsächlich ein Pilot und Offizier werden sollte, der in den besten Einheiten der israelischen Armee Kontakte knüpfte, die ihn auch danach noch über Wasser halten würden, weil israelische Elitesoldaten nach ihrer Entlassung allesamt in der Politik oder in der Wirtschaft gute Positionen einnahmen, dann wäre das auch das Verdienst einer strategisch denkenden ukrainischen Mutter, die ihre Familie aus einer aussichtslosen Lage, in der sich viele aufgegeben hätten, mustergültig herausmanövriert hatte.

»Wenn er bei uns zu Besuch ist, schlägt er die Bücher schon falsch herum auf«, sagte sie. »Ich schaue ihn an und frage mich: Wer bist du?«

Schon jetzt erkenne sie ihren eigenen Sohn kaum mehr wieder, und sie müsse sich darauf einstellen, dass er dabei sei, sie auf diese besonders schmerzhafte Art und Weise zurückzulassen, die nur Mütter nachvollziehen könnten. Meine Mutter nickte mit Nachdruck.

Die Aussicht, dass er die Offizierslaufbahn einschlagen würde, war für Ljuda unendlich attraktiv, auch wenn sie immer wieder pflichtschuldig darauf zu sprechen kam, dass sie vor Angst, dass Kostja in der Armee etwas zustoßen könnte, nahezu verging.

»Wie oft soll ich es denn noch sagen?«, sagte Kostja, wenn seine Mutter ihm wieder vor allen anderen sorgenvoll über den Kopf strich. »In Israel ist es wahrscheinlicher, als Zivilist getötet zu werden als als Soldat. Wenn du dir Sorgen um mich machen möchtest, dann am besten jetzt.«

Und mein Eindruck war, dass Ljuda sich von dieser Statistik vollkommen beruhigen ließ. Kostja in Uniform, mit Sonnenbrille und Sternen auf der Schulter, Kostja, der in dreifacher Schallgeschwindigkeit über die syrische Wüste donnerte, während er mit den russischen Soldaten am Boden über Funk derbe Witze riss – diese Bilder gefielen ihr auf eine unmittelbare, wollüstige Art. Sie repräsentierten Autorität, Stabilität und Verantwortung. Die besten Attribute, für die ein Mann stehen konnte.

Ljuda war eine stolze Verfechterin des russischen Patriarchats, während sie mit der Angewohnheit westlicher Gesellschaften, ständig und überall Protestbewegungen zu formen, nicht besonders viel anfangen konnte. Als 2013 die Proteste in Kiew ausgebrochen waren, fürchtete sie sich vor dem Machtvakuum und dem Chaos mehr als vor dem kleptokratischen Präsidenten, der die Proteste ausgelöst hatte. Bis heute hielt sie die Revolution vom Majdan für törichten Unsinn, den sich nur Großstädter ausdenken konnten, die von dem Leben der normalen Menschen keinerlei Vorstellung hatten.

Auf einem unserer Spaziergänge hatte ich sie einmal gefragt, ob sie sich eigentlich als Unterstützerin von Femen bezeichnen würde, der berühmten ukrainischen Aktivistengruppe für Frauenrechte. Da hatte sie instinktiv die Nase gerümpft, woraufhin ich rätselhafterweise in ein lautes, freundschaftliches Lachen ausgebrochen war.

Außerdem gab es den ersten Verehrer von Katja zu vermelden: Ljuda und Katja waren gerade von einem jüdischen Sommerlager am Schwarzen Meer zurückgekehrt, wo sich ein vierzehnjähriger Junge auffällig oft in Katjas Nähe aufgehalten hatte. Unentwegt habe er gefragt, ob er ihr noch etwas vom Buffet mitbringen solle oder für welche Aktivitäten sie sich eingeschrieben habe, was dazu führte, dass er als einziger Junge im Ferienlager Tanzstunden nahm.

Katja wusste mit dem sonderbaren Verhalten dieses Jungen nichts anzufangen, fand es aber auch nicht unangenehm. Wenn die Jungs in Uschgorod auf sich aufmerksam machen wollten, zogen sie die Mädchen an den Haaren oder schossen Fußbälle in ihre Richtung. Der Junge aus dem jüdischen Sommerlager ging vollkommen anders vor. Er schenkte ihr eine gänzlich neue Art von Aufmerksamkeit, die ihr so fremd war, dass es sie nicht einmal verlegen machte und sie die Lage offen mit ihrer tief gerührten Mutter besprach.

Im Hintergrund hatte sich Ljuda mit den Eltern des Jungen beraten, und gemeinsam hatten sie entschieden, den Dingen ihren Lauf zu lassen, schließlich spielte sich alles auf dem übersichtlichen Gelände des Strandhotels ab, und es sah nicht danach aus, als würde diese Geschichte auf eine Schwangerschaft hinauslaufen, was, wenn man sich gegenseitig so betrachtete, ohnehin ein überschaubares Risiko darstellte.

Eines Abends kamen die beiden allerdings nicht ins Hotel zurück, woraufhin die beiden Mütter die gesamte Nacht damit verbrachten, die Gegend abzulaufen und die Namen ihrer Kinder in die Nacht zu rufen.

»Und wo habt ihr sie gefunden?«, fragte ich.

»Am Strand«, sagte Ljuda. »Sie sind spazieren gegangen und haben dann die ganze Nacht zu zweit am Strand gesessen.«

Katja saß die ganze Zeit beschämt daneben, während Ljuda uns von diesen Erfolgen erzählte, und konnte nicht fassen, dass das tatsächlich passierte.

»In Odessa haben sie uns immer ›Banderas‹ genannt, wenn sie gehört haben, dass wir aus Uschgorod kommen«, sagte Ljuda und lachte bei dieser Erinnerung so herzlich, dass sie die Augen zusammenkniff. Sie imitierte die Leute aus Odessa: »Banderas, Banderas, Banderas.« Meine Mutter machte eine fragende Geste in meine Richtung.

»Es ist großartig für uns, dass es diese Organisation gibt. Ohne sie könnten wir diese Urlaube nicht machen«, sagte Ljuda. Im September gebe es schon den nächsten Ausflug, für den sie sich registrieren wollten: nach Auschwitz. Das habe den großen Vorteil, dass sich die Organisation darum kümmerte, dass jeder ein EU-Visum bekomme. Dieses Visum gelte drei Monate, sie könnten also Weihnachten vielleicht bei uns in Berlin verbringen.

Außerdem werde es wirklich Zeit, dass Katja etwas über Hitler und den Holocaust lerne. In letzter Zeit habe sie sich angewöhnt, aus jeder Kleinigkeit ein Riesendrama zu machen. In Auschwitz werde sie vielleicht erwachsen. Sie habe ja keine Ahnung, das glückliche Kind.

»Das stimmt nicht, Mama«, rief Katja. »Natürlich weiß ich Bescheid.«

»Jaja«, sagte Ljuda und versuchte ihr über den Kopf zu streichen, was ihr allerdings nicht gelang, weil Katja sich der Geste geschickt entwand.

»Olga erwartet uns übrigens schon. Wir essen heute bei ihr. Wollen wir gleich gehen?«

Unbedingt, unbedingt, sagten wir im Chor. Wir müssten nur noch schnell unsere Taschen in die Hotelzimmer bringen.

»Hast du verstanden, warum sie sie in Odessa Banderas genannt haben?«, fragte Steph, während sie sich in unserem Zimmer sorgsam und ohne jede Eile Sonnencreme auf die Arme schmierte, während ich auf der Bettkante saß und auf meinem Telefon nach »Banderas Ukraine« suchte.

»Vermutlich wegen Stepan Bandera, dem ukrainischen Nationalisten, auf den sich die hiesigen Faschisten bis heute berufen. In der Westukraine verehren sie ihn, weil er für eine unabhängige Ukraine gekämpft hat, aber im Osten hassen sie ihn, weil er mit den Nazis kollaboriert hat.«

»Ich dachte, es geht um einen Sänger.«

»Ich auch.«

»Ljuda schien nichts dagegen zu haben, dass man sie für eine Bandera hielt«, sagte Steph und schaute gedankenverloren auf ihren glänzenden Arm. Sie nahm diese Information gelassener auf als ich, was vermutlich damit zu tun hatte, dass ihr ausufernde Debatten über Ruhm und Schande von Nazi-Kollaborateuren aus Frankreich gut vertraut waren.

»Nein«, sagte ich. »Ljuda ist eine Bandera mit Leib und Seele.«

Den Weg vom Hotel zu Olgas Wohnung fanden wir ohne Schwierigkeiten. Die ganze Stadt sah aus, als hätten wir sie nicht vor einem Jahr verlassen, sondern gestern. Über der einzigen Kreuzung auf unserem Weg hing ein dichtes, schwarzes Netz aus Kabeln und verschattete den Asphalt.

Zum Essen kam buchstäblich die ganze Familie zusammen, und weil wir außerdem Geschenke austauschten, war diese Zusammenkunft von Weihnachten wirklich kaum zu unterscheiden. Lediglich Sanja fehlte. Sanja kehrte höchstens einmal im Jahr aus Israel in seine Heimatstadt zurück, manche Jahre ließ er auch aus. Ansonsten waren an der langen, überfrachteten Tafel versammelt: Olga, Katja, Ljuda, Steph, meine Mutter, Ljudas Mann Wowa und sogar Kostja, der wie im vergangenen Jahr seine Sommerferien zu Hause verbrachte. Der Tisch war so überfrachtet, dass ein kleiner Rollwagen herbeigeschafft werden musste, um die Getränke abstellen zu können.

»Und, Kostja«, fragte ich quer über den Tisch. »Ist alles gut in Israel?«

»Sicher. Wir erwarten den Krieg jeden Tag.«

»Verstehe.«

»Wann wollt ihr nach Israel kommen? Im Oktober?«

»Oktober dachten wir, ja.«

»Da wird der Krieg schon da sein. Das wahrscheinlichste Szenario ist, dass wir von Syrern angegriffen werden, die vom IS vor die Wahl gestellt werden, entweder unsere Grenzen zu stürmen oder zu sterben.«

»Das ist das wahrscheinlichste Szenario? In meinen Ohren klingt das ehrlich gesagt nicht besonders wahrscheinlich.«

»Wieso seid ihr eigentlich nicht verheiratet?«, fragte Ljuda und zeigte mit der Gabel, an der noch etwas Hühnchengratin aufgespießt war, auf Steph und mich.

»Ich glaube, dass eine Hochzeit unserer Beziehung einen offiziellen Rahmen geben würde, den wir beide als beengend empfänden«, sagte ich. »Das und dass es eigentlich keinen Grund dafür gibt.«

»Heute mieten die Menschen alles«, sagte Ljuda und schüttelte traurig den Kopf. »Autos, Wohnungen, alles. Wir wollten immer alles besitzen.«

»Stimmt es eigentlich, dass in der Ukraine gerade sämtliche Straßen und Plätze umbenannt werden, wenn sie russische Namen tragen?«, fragte ich.

»Sie haben sogar die sowjetischen Würstchen umbenannt. Sie heißen jetzt nicht mehr sowjetische Würstchen, sondern Prestige-Würstchen.«

»Prestige-Würstchen!«

»Wir sagen aber weiter sowjetische Würstchen dazu. Es ist eine Schande, wie das Russische überall zurückgedrängt wird. Mittlerweile wird fast nur noch Ukrainisch gesprochen.«

In Olgas Wohnzimmer war jeder freie Platz, der nicht von einer riesigen Schrankwand verstellt war, eng mit moderner Malerei gepflastert, die aussah, als orientierte sie sich an den französischen Kubisten und den deutschen Expressionisten: Es gab Landschaften in falschen, leuchtenden Farben, multiperspektivische Stillleben und vollkommen abstrakte Sachen. Doch obwohl sich die Bilder an die europäische Moderne anlehnten, wirkten sie deutlich gröber und schiefer, wobei es sich allerdings auch um eine bewusste Distanzierung von den Konventionen in den dekadenten Metropolen handeln konnte. Nach dem Dessert fragte ich Ljuda, woher all diese Bilder stammten.

»Die sind alle von Freunden von Slawa«, sagte Ljuda und schaute die Wand an, ohne ein bestimmtes Bild zu fixieren.

»Das sind alles Künstler aus Uschgorod?«

»Aus Transkarpatien, ja.«

»Ehrlich gesagt habe ich sowjetische Malerei anders in Erinnerung.«

»Wir haben unendlich viel davon«, sagte sie.

Auf Russisch richtete sie eine kurze Frage an Olga, und anderthalb Augenblicke später saß ich auf der Couch, den Bildband eines transkarpatischen Malers aufgeschlagen auf meinen Knien und einen Stapel von acht weiteren Bildbänden auf dem Teppich vor mir.

Der Künstler hatte sein Leben vor allem damit verbracht, transkarpatische Dorfszenen zu malen, die sich über die Jahrzehnte nicht im Geringsten veränderten, als habe es im 20. Jahrhundert keinerlei technologischen Fortschritt gegeben. Allerdings malte er manchmal den Himmel gelb, die Berge lila und die Gesichter der Waschfrauen dunkelrot, weshalb ich dachte, dass die Bilder genauso gut von einem Dresdner Expressionisten stammen konnten, nur dass sie dann heute vermutlich unbezahlbar wären, während die Bilder dieses Künstlers verstreut und unkatalogisiert in transkarpatischen Wohnzimmern hingen.

Während ich mich durch den Katalog blätterte, überlegte ich, ob ich nicht vielleicht versuchen sollte, ein Vermögen damit zu machen, so viele von diesen Bilder aufzutreiben wie möglich und sie dann in Paris oder Berlin als unentdeckte, wilde sowjetische Provinzkunst anzubieten.

Drei Jahre zuvor hatte in New York zum ersten Mal die »Outsider Art Fair« stattgefunden, eine Kunstmesse, die sich auf den Handel mit Werken abseitiger und übersehener Künstler beschäftigte, die es nicht in die wichtigsten Sammlungen geschafft oder sich explizit von diesen Sammlungen ferngehalten hatten, weil sie den Kunstbetrieb verachteten oder aus anderen Gründen nichts damit zu tun haben wollten. Diese Outsider Art war ein taufrischer Markt, und ich war soeben auf eine potenzielle Goldader gestoßen: einen verschrobenen ungarischen Eremiten, der sein ganzes Leben damit verbracht hatte, expressionistische Bilder der transkarpatischen Landschaft und lüsterne Porträts naiver Bäuerinnen anzufertigen und der ein riesiges Werk hinterlassen hatte, das vollkommen unangetastet war. Ein stiller Dissident, der asketisch auf dem Land lebte und störrisch im expressionistischen Stil malte, obwohl er wusste, dass ihm dadurch die Anerkennung seiner Nation verwehrt bleiben würde. Die sowjetischen Kunstinstitutionen hätten ihn im besten Fall ignoriert, wenn er bei ihnen vorstellig geworden wäre, und die transkarpatische Landbevölkerung hatte keinen Schimmer, was dieser wunderliche Herr, der aussah wie ein Landstreicher, da überhaupt tat. Und das war gerade einmal der erste Künstler. Zu meinen Füßen lag ein ganzer Stapel ähnlicher Geschichten.

Einem Freund, der als Redakteur in einem einflussreichen deutschen Feuilleton arbeitete, schrieb ich die Nachricht: »Ich glaube, ich habe soeben eine neue sowjetische Formenschule entdeckt.« Er antwortete sofort, dass das irrsinnig spannend klinge und dass ich ihm, sobald ich wieder in Berlin sei, alles über diese Sache erzählen müsse.

Ich musste an eine Geschichte über den österreichischen Architekten Adolf Loos denken: In der tschechischen Stadt Pilsen hatte Loos der jüdischen Bourgeoisie mehrere opulente Wohnungen im neuesten Stil entworfen und sämtliche Ornamente entfernt und durch glatte Flächen, symmetrische Strukturen und rechte Winkel ersetzt.

Als die Sowjets an die Macht kamen, wurden diese Wohnungen verstaatlicht und in kleine Schlafeinheiten für Arbeiter aufgeteilt. Sechzig Jahre später wollte die tschechische Regierung die Wohnungen rekonstruieren und in Museen verwandeln, stellte aber fest, dass die letzte Mieterin sämtliche Einrichtungsgegenstände auf E-Bay verkauft hatte. Heute gehen die tschechischen Architekturhistoriker davon aus, dass die Mieterin keine Ahnung hatte, was sie da anbot, und einfach ein paar Sachen loswerden wollte, bevor sie auszog.

Sicher ist nur, dass bis heute reihenweise Sessel, Kommoden und Spiegelschränke von Adolf Loos unentdeckt in irgendwelchen heruntergekommenen Wohnungen in der tschechischen Provinz vor sich hin gammeln, bis ihre Besitzer sie eines Tages zu Feuerholz verarbeiten werden.

»Er war Teil von Slawas Gruppe«, sagte Ljuda mehr zu sich selbst, während wir den Bildband durchblätterten.

»Slawa hatte eine Gruppe? Du meinst: Wie eine Band?«

»Es war keine offizielle Gruppe, eher ein Freundeskreis. Sie haben sich regelmäßig getroffen und getrunken und wahnsinnig viel geraucht. Ich war erst so groß«, sagte sie und hielt ihre Hand auf die Höhe der Armlehnen, »aber ich kann mich noch gut daran erinnern.«

In diesem Moment klingelte es an der Tür, und sie wurde geöffnet, ohne dass jemand ein Wort darüber verlor. Ganz offenbar hatten wir auf jemanden gewartet. Aus dem Vestibül hörte ich die Stimmen von Frauen, die sich auf Russisch begrüßten, und ich war unschlüssig, ob ich weiter mit dem Bildband auf den Knien auf dem Sofa sitzen bleiben oder mich nicht doch besser zeigen sollte. Über diese Frage dachte ich so lange nach, bis sie sich von selbst erledigte und Ljuda und Olga eine ältere Frau ins Wohnzimmer führten, die ich noch nie gesehen hatte.

Die Frau hatte papierfarbene Haut und graue, dichte, lockige Haare und schaute mich neugierig von der anderen Seite des Raumes an. Sie trat zögerlich ein paar Schritte auf mich zu und setzte, als sie sich anderthalb Meter von mir entfernt in der Mitte des Wohnzimmers befand, denselben Blick auf, den ich mittlerweile schon häufiger gesehen hatte: der ungläubige, gerührte, fassungslose Blick der älteren Frauen von Uschgorod. Sie legte beide Hände an die Wangen und sagte etwas auf Russisch.

»Du siehst genauso aus wie Slawa«, übersetzte Ljuda lächelnd, die Hände gefaltet vor dem Bauch. »Es ist, als sei er wieder auferstanden.«

Olga lehnte am Türrahmen, und auch sie lächelte verträumt.

Einige Sekunden sagte niemand etwas. Vorsichtig, geräuschlos und mit einer unnatürlich langsamen Bewegung legte ich das aufgeschlagene Buch von meinen Knien auf die freie Stelle neben mir auf dem Sofa.

»Das ist Halja Ryschowa«, sagte Olga. »Sie wollte dich unbedingt kennenlernen. Sie hat Slawa sehr gut gekannt.«

»Sie kannten meinen Großvater?«

»Ich kannte ihn vor allem von Partys. Mein Mann kannte ihn besser. Slawa war Mitglied seiner Gruppe.«

»Also gab es doch eine Gruppe?«

»Eher eine Art Freundeskreis. Aber sie haben sich regelmäßig getroffen, über Jahrzehnte.«

»Das klingt für mich ganz nach einer Gruppe.«

Halja Ryschowa, Ljuda und Olga standen nebeneinander und wiegten abwägend die Köpfe hin und her.

»Hätten Sie etwas dagegen, wenn ich Sie interviewe?«

»Überhaupt nicht. Was wollen Sie denn wissen?«

»Oh, alles.«

Weil Halja nur Russisch und ein bisschen Ukrainisch sprach, kam Ljuda mit ins Schlafzimmer, um für uns zu übersetzen. Halja wirkte jünger, als sie war, sehr konzentriert und bei wachem Verstand. Die Wahrscheinlichkeit, dass sie mir einen neuen Blick auf Slawa eröffnen konnte, war relativ hoch. Ich war optimistisch wie lange nicht.

Das Bild von Wjatscheslaw Falbusch, das in den Erzählungen meiner Großmutter überliefert war, war nicht eben ruhmreich, auch wenn sie vieles von dem, was im Jahre 1962 an der medizinischen Fakultät von Leningrad vor sich gegangen war, mittlerweile verdrängt hatte. Aber in den Sequenzen, an die sie sich erinnerte, nahm er keine gute Rolle ein. Er war ihr aufgefallen, weil er eine bestimmte Art hatte, sich zu bewegen, sehr weich und stimmig. Bis heute hat sie das Bild vor Augen, wie Slawa allein in der Gemeinschaftsküche ihres Studentenwohnheims saß und frühstückte. Einundzwanzig Jahre war sie damals alt, Slawa vier Jahre älter. Anderthalb Jahre lang waren sie ein Paar, und in dieser Zeit sahen sie sich jeden Tag.

Meine Großmutter hatte Slawa nie als Ukrainer wahrgenommen, sondern stets als Bürger der Sowjetunion, der sich unter Gleichen bewegte. Eine ukrainische Eigenart, ein Dialekt oder eine bestimmte Verhaltensweise, die ihn mit seiner kleinstädtischen Herkunft in Verbindung hätte bringen können, war ihr nie aufgefallen. Unter welchen Umständen sie zum ersten Mal miteinander gesprochen hatten, wie sie sich nähergekommen waren oder ab wann sie sich als Paar betrachtet hatten, das ist alles nicht mehr genau zu rekonstruieren. Meine Großmutter wusste nur noch, dass Slawa sich ein Zweier-Zimmer mit einem Russen teilte. Als es einmal eine Inspektion gab, war das Zimmer so vermüllt, dass sie zur Strafe in ein Sechser-Zimmer verlegt wurden.

Meine Mutter wurde bei einem Ausflug an einen See in

der Nähe von Leningrad gezeugt, in einem Zelt direkt am Wasser. Ein paar Wochen später offenbarte meine Großmutter Slawa, dass sie schwanger war, was ihn vom ersten Moment an in tiefe Verzweiflung stürzte. Meine Großmutter verstand die Aufregung nicht, schließlich hätten die Umstände besser nicht sein können: Sie liebten sich, sie hatten eine glänzende Zukunft als Ärzte vor sich, und in der medizinischen Fakultät, in der sie studierten, gab es einen kostenlosen Kindergarten. Genau genommen handelte es sich bei diesem kostenlosen Kindergarten um einen Ort, in dem gesunde Säuglinge untergebracht waren, um den angehenden Kinderärzten als Vergleichsgruppe zu dienen. Abhängig vom Grad ihrer Krankheit lebten Kinder in der Universität in verschiedenen Gruppen, und damit sich die Studenten ein Bild davon machen konnten, wie sich Kinder im Normalfall verhielten, gab es eben auch eine Gruppe mit gesunden Kindern. Dort hätte man meine Mutter problemlos unterbringen können, bis beide ihre Abschlüsse gemacht hatten und in Berlin oder Moskau zu praktizieren begannen.

Was meine Großmutter nicht wusste: Slawa hatte einen Bruder, der in Lemberg studierte und dort ebenfalls gerade seine Freundin geschwängert hatte. Weil ihm aber nicht der Sinn nach einer Familie stand, hatte er sich aus dem Staub gemacht, Lemberg verlassen und war wieder bei seiner Mutter eingezogen, was seine Freundin allerdings nicht auf sich sitzen ließ. Mit dem Baby auf dem Arm stand sie eines Tages vor der Tür, richtete sich in der Wohnung häuslich ein und stellte allerlei Forderungen an die Familie. Kurz bevor meine Großmutter Slawa von ihrer Schwangerschaft berichtet hatte, hatte er einen Brief von seiner Mutter Ljudmila Markowna bekommen, in dem sie ihm von der Tragödie um seinen nichtsnutzigen Bruder berichtet und ihn in aller Eindringlichkeit gewarnt hatte, nicht denselben Fehler zu begehen. Noch so eine Geschichte konnte sie jetzt wahrlich nicht gebrauchen.

Slawa bat meine Großmutter jedenfalls, die Schwangerschaft abzubrechen, und nur sie weiß, wie ernsthaft sie diese Möglichkeit erwog. Die beiden setzten ihr Leben unverändert fort, sie gingen nach der Uni spazieren und abends ins Kino, und meine Großmutter hielt diese sonderbare Verdrängungsleistung für stilles Einverständnis. In ihrem Bauch wuchs ihr gemeinsames Kind heran und, ja, sie freute sich darauf.

Im September, als meine Großmutter im vierten Monat schwanger war, verabschiedete sich Slawa, wie er es in den Jahren davor getan hatte, um ein paar Wochen bei seiner Familie zu verbringen, und kehrte nicht mehr zurück. Er schrieb lediglich einen Brief, in dem er erklärte, er werde sein Studium in Uschgorod beenden, sich allerdings darum drückte, die Beziehung ausdrücklich zu beenden, weshalb sich meine Großmutter weiterhin gewisse Hoffnungen machte.

Sie tauschten regelmäßig Briefe aus, meine Großmutter studierte weiter, solange es eben ging, und im Januar 1963 kehrte sie hochschwanger nach Berlin zurück, um ihre Tochter in der Berliner Charité zur Welt zu bringen. Noch im Krankenhaus aber fiel ihr auf, wie schmerzhaft allein sie in Wirklichkeit war. Sie schrieb Slawa aus Berlin einen Brief, in dem sie erklärte, dass sie seine Ausreden satthabe, dass sie sich nicht länger hinhalten lassen wolle und dass es sich hierbei um ihren letzten Brief handele. In den Wochen nach der Geburt lebte sie zu Hause, wo es ihre Mutter, die allen, die sie gekannt haben, als außergewöhnlich resolut und durchsetzungsstark in Erinnerung geblieben ist, nicht durchgehen lassen wollte, dass sie diesen linken Hund einfach so davonkommen ließ. Sollte er etwa nicht zahlen? Wolle sie wirklich ein Kind ganz alleine großziehen?

Nachdem sie von ihrer Mutter wochenlang bearbeitet worden war, schrieb sie Slawa einen weiteren Brief, in dem sie ankündigte, ihn auf Unterhalt zu verklagen. Dann kehrte sie nach Leningrad zurück, um ihr Studium zu beenden, und ließ die neugeborene Tochter in Berlin zurück. Die ersten Jahre wuchs meine Mutter bei ihren Großeltern auf.

Als sie in Leningrad war, stand eines Tages Slawa unangekündigt vor der Tür. Er habe nachgedacht, und vielleicht gebe es doch eine Lösung. Sie könnten alle drei nach Uschgorod gehen und dort ein neues Leben anfangen. Die Idee komme ihm reichlich spät, sagte meine Großmutter. Obwohl er vor ihr stand, obwohl er immer noch genauso roch und sich immer noch auf dieselbe, umwerfende Weise bewegte, empfand sie nichts. Jetzt tauchte er auf, nachdem sie mit einer Unterhaltsklage gedroht hatte. Jetzt schlug er allen Ernstes vor, dass sie ihr Leben in der ukrainischen Pampa verbrachte. Nun, sie habe ebenfalls einen Vorschlag: Wieso verschone er sie nicht, beende endlich diese Farce und gehe ihr aus den Augen? Das war das letzte Gespräch, das meine Großmutter jemals mit Slawa führte.

Die Sechzigerjahre

Als mein Großvater Slawa im September 1962 aus Leningrad in seine Heimatstadt zurückkehrte, war er deprimiert, verwirrt und hoffnungslos. Statt seinen Abschluss als Psychologe an einem der renommiertesten Institute der riesigen Sowjetunion zu machen, war er vor seiner Mutter eingeknickt und musste sich von dem mondänen Leben als Stationsleiter in Moskau oder Chefarzt in Leningrad, das er sich ausgemalt hatte, verabschieden. Der Abschluss an der kleinen, unbedeutenden Hochschule von Uschgorod war nur in Transkarpatien etwas wert. In den Metropolen brauchte er sich mit einem Diplom aus Uschgorod nicht melden. Er hätte einen guten Teil der Vorstellungsgespräche, zu denen es nie kommen würde, damit zubringen müssen, die genaue Lage von Uschgorod zu erklären. Statt die weißen Nächte mit seiner deutschen Freundin am Ufer der grandiosen Newa zu verbringen, musste er seine Abende jetzt wieder an der Usch vertrödeln, dem bräunlichen Fluss, der seiner Heimatstadt ihren Namen gab und der manchmal so wenig Wasser führte, dass man fast durchwaten konnte. Nie war ihm Uschgorod so lächerlich und absonderlich vorgekommen wie in den ersten Wochen nach seiner Rückkehr aus Leningrad. Am stärksten aber richtete sich sein Frust gegen die Leute, die hier kraftvoll über die Bürgersteige schlichen, als hätten sie ein Ziel. Er konnte ihren Dialekt nicht ertragen, ihre bäuerlichen Manieren, ihre unverschämte Zufriedenheit.

Früher hatte er die Gegend vollkommen anders wahrgenommen. Er hatte hier eine unbeschwerte Kindheit verbracht. Transkarpatien war in den Sechzigern so etwas wie das Sizilien der Sowjetunion. Die Leute hielten viel auf ihre Weine und die Landschaften, sie pflegten eine starke regionale Identität, und alles befand sich in der Hand von ein paar wichtigen Mafiosi. In Transkarpatien war man stolz darauf, dass immer wieder Stadtmenschen aus Leningrad zum Urlaub herkamen und umgehend ihr Herz an die Region verloren, weshalb sie jedes Jahr zurückkehrten und sich schließlich in einem der Täler ein Haus fürs Alter kauften. Transkarpatien war die einzige Region der UdSSR, in der man den Kaffee aus dieselbe Weise trank wie in Wien. Die Häuser waren größer, die Gärten gepflegter und die Sommer länger als im restlichen Sowjetreich. Das Leben war leicht, die Trauben wuchsen buchstäblich von allein, und jeder ging ständig ins Restaurant. Bevor Slawa Leningrad gesehen hatte und dort nächtelang mit den intelligentesten Medizinstudenten seiner Generation über die körperliche und psychologische Verfassung des sowjetischen Menschen von morgen debattiert hatte, hatte er all das geliebt.

Jetzt vermisste er die Großstadt, er vermisste Leningrad, er vermisste meine Großmutter, und obwohl er von Freunden und Familie umgeben war, fühlte er sich fürchterlich allein. Er dachte jeden Tag an seine ungeborene Tochter, schrieb Briefe an meine Großmutter. Er hatte sich in sie verliebt, weil sie zwar eine disziplinierte Deutsche war, aber trotzdem sanft, weil sie ambitioniert war, aber trotzdem in der Lage, sich in seinen Armen in ein kleines Mädchen zu verwandeln. Außer ihm hatte niemals jemand diese Seite von ihr zu Gesicht bekommen.

Sein einziger Trost bestand darin, dass er jetzt wieder Zeit mit seinem alten Schulfreund Witja verbringen konnte, der der Einzige gewesen war, um den es ihm, als er Uschgorod verlassen hat, wirklich leidgetan hatte. Witja hatte mongolische Augen, einen breiten Unterkiefer und ein spitzes Kinn, wodurch er immer ein wenig verschlagen aussah, und er riss ständig Witze.

Slawa und Witja hatten sich während der ersten Semester an der medizinischen Fakultät kennengelernt und bald ihre gesamte Freizeit miteinander verbracht. Beide lasen den ganzen Tag Romane, beiden bereitete das Studium keine große Mühe, und beide hielten ihre transkarpatischen Mitschüler, die von der Medizin zum größten Teil vollständig absorbiert wurden, für seltsam behäbig und auch ein wenig begriffsstutzig. All diese zukünftigen transkarpatischen Ärzte, Psychologen und Chirurgen redeten auch dann noch wie im Marxismus-Leninismus-Seminar, wenn die Schule längst vorbei war und sie völlig unbeobachtet waren und eigentlich sagen konnten, was sie wollten. Trotzdem kamen aus ihnen ausschließlich jene Formulierungen heraus, die ihnen die Lehrer zuvor eingegeben hatten. Es war geradezu bemerkenswert. Für diese frommen Leute auf dem Land erfüllte der Marxismus vor allem eine Funktion: Er legte jeden Handschlag als revolutionäre Tat aus und ließ auf diese Weise jeden am Fortschritt und am antiimperialistischen Kampf teilhaben, selbst wenn man einfach nur ein völlig austauschbares Kleinstadtleben führte. Jeder Bürger war in dieser Lehre ein Baustein der Revolution, wenn man ohnehin vorhatte, das Leben eines Bausteins zu führen, war der Marxismus ideal.

Witja und Slawa hingegen sahen in der marxistisch-leninistischen Lehre vor allem das Spaßpotenzial. Sie erlaubte es ihnen, mit dem Moped in die Karpaten zu fahren, nackt in den glasklaren Bergseen zu schwimmen, in den Wiesen Cognac zu trinken und mit den jungen Analphabetinnen aus den Dörfern zu schlafen. Solange man sich den Anschein gab, dabei die Überwindung der bürgerlichen Moral im Sinn zu haben, hatte man im Grunde vollkommen freie Hand. Besser hätten die ersten Jahre an der Universität von Uschgorod jedenfalls kaum sein können, und Slawa und Witja verbrachten sie in der Gewissheit, dass ihnen die besten Zeiten noch bevorstanden.

Erst als Slawa die Zulassung für das medizinische Institut in Leningrad in den Händen hielt, stellte er zu seiner eigenen Überraschung fest, dass er eine spezielle Genugtuung empfand, die sich gegen Witja richtete. In einem dunklen, verborgenen Teil seines Gewissens hatte er seinen Freund immer für ein klein wenig schlauer gehalten als sich selbst, obwohl genau genommen gar kein Wettstreit zwischen ihnen bestand. Trotzdem war er froh, dass er der Erste von ihnen war, der dieses Nest hinter sich lassen konnte. Um Witja machte er sich keine Sorgen. Seine Zeit würde bald kommen.

Als er nach nur zwei Jahren zurückkehrte und vor Scham, Reue und Trauer kaum atmen konnte, war Witja allerdings immer noch da, und Slawa hätte dankbarer kaum sein können. Bei ihrem ersten Wiedersehen begriff Witja instinktiv, dass Slawa darunter, dass er eine ungeborene Tochter in Leningrad zurückgelassen hatte, tatsächlich schwer litt, und er verkniff sich die Witze, die er andernfalls selbstverständlich gerissen hätte. Er richtete ihn halbwegs auf, und sie gingen wieder gemeinsam in die Uni. Viel Zeit als Studenten blieb ihnen nicht mehr, bald würden sie Ärzte sein.

In einem ihrer Seminare lernten sie Boris Ryschow kennen. Boris war ein wenig älter als sie, hatte die besten Noten, ließ in den Rauchpausen Zitate von Dostojewski und Puschkin fallen und verstand etwas von klassischer Musik, womit sich die Verhältnisse mit einem Mal umdrehten: Neben Boris fühlte sich Slawa in seiner eigenen Stadt wie ein provinzieller Idiot. Von einem Kommilitonen erfuhr er, dass Boris Ryschow eine Art informellen Kreis unterhielt, zu dem kaum jemand Zutritt erhielt. Sie trafen sich einmal in der Woche an wechselnden Orten, trugen eigene Gedichte vor, lasen eigene Kurzgeschichten, spielten Instrumente und tranken. Politisch gesehen sei das, was da vor sich gehe, allerdings nicht ganz sauber, sagte Boris vieldeutig, als sie ihn darauf ansprachen, deshalb müssten sie vorsichtig sein. Man könne da nicht einfach so auftauchen, und eigentlich sei die Gruppe jetzt schon zu groß. Mehr Leute könne man zurzeit auf keinen Fall aufnehmen, außerdem habe er schon jetzt zu viel gesagt.

Es dauerte eine Weile, bis sie Boris so weit hatten, dass er sie zu einem ihrer Treffen mitnahm. Es fand in einem Café am Fluss statt, und als Witja und Slawa eintraten, tat sich vor ihnen ein wildes Fest auf: Die Männer trugen Schlaghosen, James-Dean-Jacken, die gebrauchten Sakkos ihrer Väter und weit aufgeknöpfte Hemden. Die Frauen kamen in schulterfreien Kleidern und hatten kurze Haare. In einer Ecke entdeckte Slawa den Schriftsteller Felix Krivin, dessen Bücher in jeder besseren Buchhandlung der Sowjetunion zu finden waren und der einer Gruppe von Bewunderern gerade seine Theorie der politischen Parabel erklärte, aber er wagte nicht, ihn anzusprechen. Die Gespräche in den Gängen drehten sich um Bulgakow und Fellini, die Band spielte Songs der Beatles, und je später es wurde, desto mehr ähnelte der Abend einer dieser Szenen aus Fellinis »Roma«: Man lag auf dem Boden oder auf dem Tresen, bekam aus unbestimmter Richtung eine Flasche Wein oder Cognac gereicht, und die Wahrscheinlichkeit, dass man gerade jemanden küsste, war relativ hoch. Es war an diesem Abend, dass Slawa zum ersten Mal für ein paar Stunden nicht an Leningrad dachte, und in seinen Briefen an meine Großmutter erwähnte er die Vorkommnisse nicht.

Auf diese Weise richtete er sich schrittweise in seinem neuen Leben ein: Um als ständige Mitglieder von Boris Ryschows Bohème-Kreis anerkannt zu werden, entwickelten Witja und er einen neuen Ehrgeiz als Poeten und schrieben ein Gedicht nach dem anderen, wobei sich jedes einzelne an dem poetologischen Regelwerk von Felix Krivin orientierte, der als Stichwortgeber und geistiger Vater dieses Kreises fungierte. Sie qualifizierten sich und wurden die jüngsten ständigen Mitglieder, was ihnen das Recht einräumte, selbst Abende auszurichten, woraufhin Slawa, der eigentlich nur darauf aus war, unvergessliche Partys zu geben, an seinem Ziel angekommen war und fortan nur noch so viele Gedichte schrieb wie unbedingt nötig, um den Ruf aufrechtzuerhalten, ein Dichter zu sein, und das waren nicht unbedingt viele. Witja konzentrierte sich bald darauf, Theaterstücke zu schreiben, die er ebenfalls nach Felix Krivins Lehre der politischen Parabel verfasste, was Slawa nur recht war, weil er in den Stücken die Hauptrollen übernehmen durfte.

In dieser Zeit lernte Slawa die Medizinstudentin Olga kennen, die aus einer der bekanntesten russophilen Familien der Stadt stammte, die russische Schule als Jahrgangsbeste abgeschlossen hatte und außerdem eine auffallende Ähnlichkeit mit meiner Großmutter aufwies. Slawa heiratete sie, schloss die Uni ab und zeugte zwei Kinder, Ljuda und Sanja. Er war jetzt vollkommen etabliert.

Er nahm seine erste Stelle als Psychiater an, bald darauf die zweite, und bevor man sich richtig darauf einstellen konnte, auch schon die dritte. Olga stellte traurig fest, dass sie einen Mann geheiratet hatte, der zutiefst ruhelos war, und dass es nichts gab, was sie dagegen ausrichten konnte. In keiner Position hielt er es länger als zwei, drei Jahre aus, und obwohl man überall mit ihm zufrieden war und er jedes Mal hätte bleiben können, kündigte er und nahm eine neue Stelle nach der anderen an. Auch zu Hause kam er nicht zur Ruhe. Unentwegt arrangierte er die Möbel neu und plante Umzüge, die Olga ihm jedes Mal mühevoll ausredete, weil es für einen Umzug, außer Slawas rätselhafter Getriebenheit, keinerlei Anlass gab.

Die Siebzigerjahre

Auf diese Weise verbrachte er etwa fünfundzwanzig Jahre. Er wechselte ständig seine Jobs, stand aber treu zu seiner Familie und seinem avantgardistischen Kreis. Er fuhr regelmäßig zu Djadja Borja aufs Land und feierte im Schatten der transkarpatischen Berge mit Cognac, Zigaretten und gegrillten Speckkartoffeln bis zum Morgengrauen obszöne Gelage. Er erntete Äpfel und Weintrauben, kaufte sich einen Wagen, und wenn er mal zu einem Medizinerkongress nach Georgien fuhr, brachte er seiner Frau Wein mit.

Auch seine Freunde wurden älter: Witja stieg zum Intendanten des Nationaltheaters von Mukatschewo auf, des wichtigsten Theaters weit und breit. Und Boris Ryschow entwickelte sich in der Zwischenzeit zu einem renommierten Internisten (»der beste Internist Transkarpatiens« laut Ljuda Falbusch), der mit seiner Frau Halja und zwei Neufundländern in einer Wohnung mitten in der Stadt wohnte und der die weit und breit größte Sammlung klassischer Musik besaß. Weil seine Plattensammlung auch eine gewisse Verantwortung mit sich brachte, etablierte Boris ein Ritual. Jeden Tag nach seiner Schicht im Krankenhaus öffnete er, nachdem er mit seiner Familie gegessen hatte, die Balkontüren und legte eine Platte mit klassischer Musik auf: Mahler, Bach, Strawinsky. Und jeden Tag, wenn er die Türen öffnete, warteten unten vor seinem Balkon schon Leute. Sie saßen auf der Wiese, blickten auf die träge dahinfließende Usch und lauschten den Platten von Boris Ryschow, die sonst in ganz Transkarpatien nicht zu bekommen waren. Dieses

Ritual wiederholte sich jeden einzelnen Tag: Um 16 Uhr 30 spielte der Internist Boris Ryschow seine Platten.

Dass die Gruppe, deren Treffen nie abrissen, in all den Jahren nicht von der Polizei gestürmt wurde und ihre Mitglieder nie verhaftet wurden, obwohl sie die verpönten Bücher von Bulgakow herumreichten und ungeniert Filme aus dem Westen schauten, hatte einen einfachen Grund: Ihre Mitglieder stammten zu guten Teilen aus bekannten Offiziersfamilien und waren selbst renommierte Ärzte. Es gab in Uschgorod über ihnen schlicht keine Elite, die sie hätte kontrollieren können.

Kein Polizeipräsident und kein Geheimdienstchef hatte ein Interesse daran, ihnen auf die Nerven zu gehen, schließlich musste er damit rechnen, einmal auf der Station von Ljudmila Markowna zu landen, seine Augen in der Praxis von Olga Falbusch untersuchen zu lassen oder einen Cousin bei Wjatscheslaw Falbusch in psychologische Behandlung zu geben. Und wenn dieser Tag kam, wollte man nicht der Beamte sein, der einen von ihnen vor Gericht gezerrt hatte, weil sie Filme geschaut und Bücher gelesen hatten. So funktionierten Kleinstädte nicht.

Der Kreis hatte eine einzige Regel, die jedes seiner Mitglieder zu befolgen hatte: Tagsüber mussten sie im Krankenhaus pflichtschuldig ihren Dienst tun, pünktlich bei der Arbeit erscheinen, alle Aufgaben zur vollsten Zufriedenheit erfüllen, und sie durften kein Wort über das verlieren, was nachts in den Wohnungen von Slawa, Boris oder Witja vor sich ging. Und wenn die Freunde beisammen waren, war es andersrum untersagt, über die Arbeit zu sprechen. Niemand durfte sich anmerken lassen, dass er hauptberuflich Oberarzt oder Stationsleiter war.

Diese Regel führte dazu, dass sie einerseits ein grandioses Leben führen konnten, sich aber andererseits unentwegt verleugnen mussten. Jeder von ihnen hatte eine andere Seite, die, egal wo sie waren, nicht zum Vorschein kommen durfte.

In gewisser Weise kam dieser schizophrene Modus Slawa entgegen. Als Gymnasiast hatte ihm ein aufregendes und gefährliches Leben als Poet und Schauspieler vorgeschwebt, doch seine Mutter Ljudmila Markowna hatte ihm das ausgeredet. Es war eines der wenigen Themen, in dem ihrer beider Judentum, das im Alltag sonst keine Rolle spielte, zwischen ihnen zur Sprache kam. Als Jude würde er es in der Sowjetunion schwer genug haben, sagte Ljudmila Markowna, wieso also sei er so besessen von der Idee, es sich noch schwerer zu machen? Slawa solle dankbar sein, dass er nie habe erleben müssen, was Millionen Juden in Europa erlebt hatten, und dass ihm sein Judentum nie zum Nachteil gereicht hatte, habe einen einzigen Grund: weil sein Vater ein bekannter Offizier war, den man auf der Straße grüßte, und seine Mutter eine bekannte Ärztin, der man zu Weihnachten Cognac und Schokolade schickte. Auf ihr Geschick allein konnten sich Juden in Europa nicht verlassen. Russen und Ukrainer könnten Künstler werden, sie hatten nichts zu befürchten und würden immer jemanden finden, der ihnen Unterschlupf gewährte. Bei Juden aber verhielt es sich so, dass die Religion ihre Fähigkeiten immer in den Schatten stellen würde, wenn es darauf ankam, deshalb brauchten sie jeden Schutzschild, den sie bekommen konnten: Geld, Renommee, Beziehungen. Er könne sich also aussuchen, was er werden wolle: Offizier wie sein Vater oder Arzt wie sie, wobei sie persönlich einem Juden eine Karriere in der sowjetischen Armee nicht unbedingt empfehlen würde, aber das sei seine Sache.

Slawa wurde also Psychologe und verleugnete fortan nicht nur seine künstlerischen Ambitionen, sondern sehr viel bewusster auch sein Judentum. Selbst seine deutsche Freundin, mit der er während des Studiums in Leningrad anderthalb Jahre lang zusammen war und die er während dieser Zeit jeden einzelnen Tag sah, wusste nicht, dass er Jude war. Er hatte es nie erwähnt.

(»Aber er muss doch beschnitten gewesen sein«, sagte ich zu meiner Großmutter, als sie mir davon erzählte.

»Jetzt, wo du es sagst. Andererseits war er mein erster Mann. Ich wusste ja nicht, wie es eigentlich aussehen sollte.«)

Seit Slawa die Uni abgeschlossen hatte, legte er allerdings ein seltsames Verhalten an den Tag, das er nie wieder ablegte: Obwohl er es hätte einfacher haben können, suchte er sich stets die beschwerlichsten Jobs aus. Er meldete sich zum Beispiel regelmäßig freiwillig zum Dienst in den geschlossenen Anstalten von Transkarpatien, wo die hoffnungslosen Fälle untergebracht waren und die in ihrer Bauweise, ihrer Atmosphäre und ihren Abläufen von Gefängnissen kaum zu unterscheiden waren. Wenn er während seiner Kontrollgänge durch die Gänge lief, durch die kleinen Luken in den Zellentüren schaute und die panischen, verlorenen Gestalten betrachtete, die sich an den unverputzten Wänden die Finger blutig kratzten, beschlich ihn oft das Gefühl, dass sein eigentlicher Platz in Wahrheit unter diesen gepeinigten Geschöpfen war, die sich in der Welt der vernünftigen Menschen nicht zurechtfanden, und dass es in gewisser Weise ironisch war, dass ausgerechnet er für ihre Verwahrung zuständig war, während er sich gleichzeitig selbst wie ein Gefangener fühlte und nicht mit hundertprozentiger Gewissheit behaupten konnte, freier zu sein als sie. Wenn er ehrlich war, konnte er die hilflose Verzweiflung dieser Wahnsinnigen gut nachvollziehen, und vielleicht verhielt es sich sogar so, dass sie die Welt besser verstanden als die sogenannten Gesunden, die sich vor allem dadurch auszeichneten, sich immer und mit allem einrichten zu können.

In einem der Krankenhäuser gab es eine schwachsinnige Patientin, von der er seinen Kindern im Laufe der Jahre immer wieder erzählt hat. Diese Patientin war eine rothaarige Frau in ihren Vierzigern, die eine bekannte Pianistin war. Allerdings hatte sie die Angewohnheit entwickelt, nur nackt Klavier zu spielen, was für einige Skandale gesorgt hatte, und als sie anfing, nackt auf der Straße herumzulaufen, ließen sie ihre Verwandten einweisen. In der Anstalt hatte sie dann die Marotte entwickelt, sich nachts in das Gemeinschaftszimmer im Erdgeschoss zu schleichen und vollkommen nackt auf dem klapprigen Klavier zu spielen, das dort seit Jahren stand und das sonst von niemandem angerührt wurde. Die Schichtleiter ließen sie in diesen Fällen normalerweise sofort zurück in ihr Zimmer schleifen, wo man ihr starke Beruhigungsmittel injizierte und sie mit tagelangem Arrest bestrafte. Slawa aber stellte sich, wenn die rothaarige Frau zufällig während einer seiner Nachtschichten ausriss und sich nackt an das Klavier setzte, schweigend in den Türrahmen und betrachtete sie im Mondlicht. Er hörte ihr zu, ging nach einer gewissen Zeit zu ihr, legte ihr behutsam die Hand auf die Schulter, lobte ihr Spiel und bat sie, sich von ihm zurück ins Zimmer bringen zu lassen. Und obwohl die Patientin kaum mehr reagierte, wenn man sie ansprach, funktionierte es immer. Wenngleich für solche Zwischenfälle gewisse Disziplinarmaßnahmen vorgeschrieben waren, war es ihm unmöglich, die rothaarige Pianistin zu bestrafen. Er wäre sich vorgekommen wie ein Monster. Wofür hätte er sie bestrafen sollen? Wenn er die Geschichte zu Hause seinen Kindern erzählte, endete sie immer mit der gleichen Bemerkung: Er glaubte, dass die Pianistin besser als die meisten verstanden hatte, was die Kunst von den Menschen wollte. Deshalb war es ihr unmöglich, angezogen Klavier zu spielen, und in gewissem Sinne beneidete er sie um jene Sphäre humanistischer Kompromisslosigkeit, in die sie vorgestoßen war.

Eine andere Geschichte, auf die er immer wieder zurückkam, handelte davon, dass die meisten Ärzte die Macht der Worte unterschätzten und unbedacht zu Tabletten und Spritzen griffen, wenn es ein paar Worte im Zweifelsfall auch taten. Er selbst hatte das gelernt, als er einmal ein traumatisiertes kleines Mädchen therapieren musste, das, weil es sein Vater nicht von einer Feier abgeholt hatte, mutterseelenallein mitten in der Nacht sechs Kilometer nach Hause gelaufen war, nur um ihn dort sturzbetrunken auf dem Küchenboden zu finden. Slawa schrieb ein Gedicht über diese Episode, eine Ballade eher, und händigte sie von da an all seinen alkoholkranken Patienten aus. Mit dieser Maßnahme, erzählte er immer wieder, habe er mehr Alkoholiker geheilt als mit allen konventionellen Therapien zusammen.

Die Achtzigerjahre

Anfang der Achtziger begann sich die politische Lage zu verschlechtern. Die Sowjetunion wurde ärmer und reizbarer, die Lebensbedingungen rauer, das Misstrauen untereinander zum Alltagsprinzip. Gleichzeitig wurde der Kreis, den es mittlerweile seit über zwei Jahrzehnten gab, behäbiger und zusehends selbstgefällig und verlor Mitglieder. Einige waren mit der Familie nach Kiew oder Budapest gezogen, andere kamen einfach nicht mehr, und Slawas innere Vereinsamung verschärfte sich spürbar. Und als dann erstmals eine Ausstellung expressionistischer Malerei, die der Kreis organisiert hatte, nach nur einem Tag von den zuständigen Stellen geschlossen wurde, weil die Bilder nicht im Stile des sozialistischen Realismus gehalten waren, und sogar Boris Ryschows Balkonkonzerte unter dem Vorwand verboten wurden, dass er mit seinen Bach-Kantaten religiöse Propaganda betrieb, war kaum mehr zu übersehen, dass in Uschgorod etwas zu Ende ging. Auf dem Höhepunkt dieser Phase, Mitte der Achtziger, während vor seinen Augen das System zerfiel und alte Freundschaften versandeten, erlitt Slawa Falbusch seinen ersten Herzinfarkt.

Zu dieser Zeit arbeitete Slawa gerade als Arzt und psychologischer Betreuer für die inoffizielle Fußball-Nationalmannschaft von Transkarpatien, die sich in der zweiten sowjetischen Liga mehr schlecht als recht durchschlug. Nebenher schrieb Slawa eine Fußballkolumne für eine transkarpatische Tageszeitung, und es waren seine mit Abstand besten Texte. Seine Familie erinnert sich heute vor allem an die Gedichte, die er zu festlichen Anlässen geschrieben und nach dem Essen stehend vorgetragen hatte und die ihm den Ruf eines begabten Poeten einbrachten. Wahrscheinlich hörten alle diese Gedichte so gerne, weil sie freundliche Bemerkungen enthielten und meistens Menschen gewidmet waren, die man persönlich kannte und die während des Vortrags auch anwesend waren.

Außerhalb dieses sehr spezifischen Kontextes sind Slawas Gedichte allerdings ziemlich wertlos. Sie sind seicht, erbaulich, und fast immer geht es darum, dass jemand etwas Unerhebliches vollbracht hat: geheiratet, eine Prüfung bestanden, einen runden Geburtstag gehabt. Als ich die Gedichte einer jungen Journalistin zeigte, die in Moskau geboren wurde, in England studiert hatte und dann ein paar Wochen bei uns in der Redaktion arbeitete, hob sie die Schultern und sagte: »In Moskau oder Petersburg hätte er damit keine Chance gehabt.«

Einmal beendete seine Mannschaft die Saison auf dem 16. Platz, und Slawa schrieb daraufhin einen Text, in dem er erst all jenen gratulierte, die dem Team schon vor der Saison nichts zugetraut hatten und jetzt zufrieden sein konnten, weil sie von Anfang an recht gehabt hatten. Dann hielt er ein Plädoyer für die psychologische Wissenschaft, das so klang:

»Es gab natürlich objektive Gründe für das schlechte Abschneiden, die vielen Verletzungen, die neuen Spieler. Aber der wichtigste Grund für die erfolglose Saison war die Abwesenheit eines Kollektivs, einer Mannschaft und das fehlende Zusammenspiel aller Teile. Dieses Versäumnis machte die individuellen Anstrengungen der Spieler zunichte. Schlimmer noch: Man spürte bei den Spielern nicht den Willen, mit voller Hingabe zu spielen.

Erst im kritischsten Moment der Saison zeigte die Mannschaft plötzlich Entschlossenheit. Der Vorstand der Mannschaft erklärte diese Metamorphose damit, dass die Spieler verstanden hätten, dass man nicht mehr so auftreten könne, und daraufhin Verantwortung übernommen hätten. Doch diese Erklärung ist zu linear und zu oberflächlich. Man müsste eher sagen, dass bei manchen Spielern am Anfang der Saison die psychologische Bereitschaft und die emotionale Reife fehlten. Auch die Einschätzungen des Trainers deuten darauf hin, dass man die Spieler psychologisch besser hätte vorbereiten müssen.
Allerdings darf die psychologische Vorbereitung der Spieler keine Episode bleiben, sondern muss ein stabiles System sein, das sich in der sportlichen Praxis niederschlägt. Wie alle Systeme erfordert das eine kooperative Arbeit vom Anfang der Saison bis zum Ende der Saison. Mit einer Bedingung: Man darf der psychologischen Vorbereitung nicht weniger Bedeutung beimessen als der physischen.«

Dieses Argument wiederholte er in all seinen Artikeln: dass die Spieler allein gelassen wurden, dass sie verängstigt waren, weil sie ausgewechselt wurden, sobald ihnen ein Fehler unterlief. Dass ein Kollektiv nur funktionieren konnte, wenn es eine klare Idee vor Augen hatte, die jeden Einzelnen individuell ansprach, aber gleichzeitig ein Klima herrschte, das jedem ausreichend Raum gewährte, sich gemäß seiner Fähigkeiten zu entfalten. Dass sich inspirierende Charaktere und große Talente nur »im Zustand der Demokratie und der freien Meinungsäußerung« herausbilden konnten. Dass allerdings die Verantwortlichen blind dafür waren, weil »derjenige am besten die Stacheln ignorieren kann, der auf dem Zaun sitzt«.

Es war kaum zu übersehen, dass das »Kollektiv«, von dem Slawa redete, nur vordergründig die transkarpatische Nationalmannschaft war und er in Wahrheit von der Sowjetunion sprach. Er betrachtete das ganze Land als einen Fall für die moderne Verhaltenstherapie und sich selbst als seinen Arzt.

Der Trainer der Mannschaft, ein gewisser Sándor, war in Slawas Parabeln ein verdienstvoller, ehrenwerter Mann, dem der Fußball viel zu verdanken hatte, der aber in die Jahre gekommen war und den Bezug zu seinen Spielern verloren hatte. Das beschrieb die politischen Verhältnisse zu dieser Zeit ziemlich genau: Nach dem Tod des KPdSU-Führers Leonid Breschnew hatten nacheinander Juri Andropow und Konstantin Tschernenko das höchste Amt im Staat übernommen, allerdings waren beide bei ihrer Machtübernahme schon so alt gewesen, dass sie jeweils nach wenigen Monaten im Amt tot umgefallen waren.

Der erfahrene, aber gestrige Fußballtrainer Sándor wiederum war nicht in der Lage, das ganze Potenzial dieses jungen, talentierten und ehrgeizigen Kollektivs auszuschöpfen, weil er erstens ein Regime der Angst errichtet hatte, in dem sich niemand mehr traute, Fehler zu begehen, und er zweitens keine starken Persönlichkeiten duldete, die ihm den Rang ablaufen konnten. Deshalb bestand die gesamte transkarpatische Nationalmannschaft aus gehemmten Duckmäusern, die in erster Linie darauf bedacht waren, auf ehrbare Weise zu verlieren, weil es die einzige Möglichkeit war, sich einerseits nicht verdächtig zu machen und andererseits halbwegs das Gesicht zu wahren. Und ziemlich genau so sind mir die bleiernen Achtzigerjahre, die letztlich zum Zusammenbruch der Sowjetunion führten, auch immer wieder beschrieben worden.

Die Frage ist nur, ob Slawas Dissidententum überhaupt irgendjemandem aufgefallen ist. Den Machthabern sicherlich nicht, sonst hätte er diese Kolumne nicht monatelang schreiben können. Und seiner Familie auch nicht: Während uns seine Gedichte immer wieder gezeigt und vorgelesen wurden, damit wir ein Verständnis dafür bekamen, was für ein begabter Poet Slawa gewesen war, sind die Fußballberichte eher zufällig aus dem Hefter gefallen. Niemand erwähnte sie auch nur mit einem Wort. Das Projekt muss eine Art Insidergag zwischen ihm und seinen Dichterfreunden gewesen sein, vielleicht auch eine Mutprobe. Er wollte zeigen, auf was für dünnem Eis er sich bewegen konnte, ohne einzubrechen.

Jede Diktatur bringt diese spezielle Redeweise hervor, die gleichzeitig unpolitisch und politisch ist, und wie jede andere künstlerische Disziplin hat auch sie ihre eigenen Virtuosen.

Nach dem Ende der Sowjetunion waren diese Virtuosen allerdings mitsamt ihrer Kunst von einem Tag auf den anderen überflüssig, weil sie plötzlich alles sagen durften und feststellten, dass das eine völlig andere Kunst war, zu der sie nichts beizutragen hatten. Von den Stars der kommunistischen Dissidentenliteratur sind heute fast alle vergessen.

In Uschgorod hieß es immer wieder, dass Slawa gewusst hätte, wie man sich in der neuen Welt zurechtfindet.

Was aber, wenn das nicht stimmte und Slawa ausschließlich die Klaviatur des äußerlich angepassten Dissidenten beherrschte, dessen Gabe darin bestand, immer genau so viel Abstand zum Feuer zu halten, dass er sich nicht verbrannte? Im Westen hätte ihm diese Fähigkeit nicht das Geringste genutzt und er wäre wie all die anderen kommunistischen Untergrund-Dichter vergessen worden. Vermutlich hätte er auch ganz anders auf seine Mutter geschaut, die ihn damals genötigt hatte, einen bürgerlichen Beruf zu erlernen, weil ihm dieser Beruf auch in der kapitalistischen Ukraine noch gute Dienste erwiesen hätte. Ärzte brauchte man immer. Das Spiel mit der Zensur konnte man hingegen nur spielen, wenn es eine Zensur gab, die das Spiel mitspielte.

Die Wohnung, in der Slawa die letzten Jahre seines Lebens verbracht hatte, lag nicht weit von dem See im Nordosten der Stadt. Olga und Ljuda wollten uns diese Wohnung unbedingt zeigen, bevor wir nach Berlin zurückfuhren, und weil wir in zweieinhalb Tagen schon wieder abreisten, wurde es wahrlich höchste Zeit. Es gebe dort noch ein paar ältere Damen, die sich gut an Slawa erinnern konnten und die bereit waren, sich von mir interviewen zu lassen, sagte Olga. Das kam mir sehr gelegen: Im Hotel hatte ich mir die Aufnahme von dem Interview mit Halja Ryschowa angehört und war extrem unzufrieden. Ich hatte mich von ihr wie ein Journalistenschüler willenlos durch das Gespräch führen lassen, und von den Fragen, die ich mir anfangs zurechtgelegt hatte, hatte ich letzten Endes kaum eine gestellt.

Die Wohnung der Familie Falbusch war Teil eines wahnsinnig trostlosen Ensembles am Stadtrand, das aus vier fünfgeschossigen Plattenbauten mit jeweils vier Aufgängen bestand. Um genau zu sein, lag sie im vierten Stock hinter dem mittleren Aufgang im linken Gebäude. Es handelte sich um einen dieser deprimierenden Plattenbauten, die in den letzten Jahrzehnten der Sowjetunion, als langsam das Geld ausging und an opulente Arbeiterwohnungen wie in Eisenhüttenstadt schon lange nicht mehr zu denken war, überall auf der Welt gebaut wurden, in Nowosibirsk, Belgrad und Berlin.

In dem begrünten Innenhof, der von mehreren diagonal verlaufenden Trampelpfaden durchzogen war, standen zwei

Bänke, einige kümmerliche Bäume und eine Rutsche aus Stahl, die gelb angemalt war. Außerdem gab es ein paar Katzen, die wegen der Hitze keine Lust hatten herumzustreunen und sich lediglich müde von einem schattigen Platz zum nächsten schleppten. Mehr als fünfzehn Jahre hatte die Familie Falbusch in dieser Wohnanlage gelebt, nachdem sie ihre repräsentative Wohnung im Stadtzentrum aufgegeben hatte, weil sie keine Zentralheizung besaß.

»Eines der Nachbarskinder hieß auch Ljudmila«, sagte Ljuda, die in Kindheitserinnerungen versank und die ganze Zeit lächelte, »aber sie hatte blondes Haar. Immer wenn unsere Eltern von oben nach Ljudmila gerufen haben, mussten wir zurückfragen: Die schwarze oder die blonde?«

»Wirklich?!«, fragte ich etwas übertrieben, aber meiner Mutter gefiel mein ironischer Tonfall nicht, und sie warf mir einen strengen Blick zu.

Olga hatte auch diesen Besuch vorab angekündigt, weshalb kurz nach unserer Ankunft zwei ältere Frauen in geblümten Schürzen aus verschiedenen Häusern in den Innenhof kamen. Sie stellten sich in unsere Runde, musterten meine Mutter und mich und machten ein paar Bemerkungen auf Russisch. Anders als Olga, die es nach Slawas Tod kaum erwarten konnte, diese Einöde hinter sich zu lassen und zurück in die Stadt zu ziehen, waren die beiden Frauen hier geblieben und hatten mindestens drei Jahrzehnte in dieser Wohnanlage verbracht, was meine Vorstellungskraft bei Weitem überstieg.

Auf Olgas Stichwort hin schaltete ich mein Aufnahmegerät ein und hielt es in Richtung der Frauen. »Das ist Sofija«, sagte Olga und wies auf die kleinere der beiden. »Sie hat als Krankenschwester in der Psychiatrie von Beregowo gearbeitet. Das ist die berühmteste Psychiatrie von Transkarpatien.

Wenn die Kinder sich nicht benehmen, sagt man in Transkarpatien: Du kommst nach Beregowo.«

Ljuda lachte, als sie diese Geschichte hörte, und nickte auf nostalgische Weise. Steph warf mir einen bestürzten Blick zu und formte mit den Lippen das französische Wort »Quoi?«, wobei es sich auch um das englische Wort »What?« handeln konnte, was aber ungefähr auf dasselbe hinauslief.

In Beregowo habe Schwester Sofija ein paar Jahre unter Slawa gearbeitet, der nach seinem Abschluss zuerst in einer Erste-Hilfe-Einrichtung angefangen hatte und dann als Stationsleiter nach Beregowo gewechselt war. An seinen ersten Arbeitstag konnte sich Schwester Sofija noch lebhaft erinnern: Slawa sei durch die gesamte Klinik gelaufen, von Mitarbeiter zu Mitarbeiter, und habe sich jedem einzeln vorgestellt: »Mein Name ist Wjatscheslaw Falbusch, ich bin der neue Doktor. Ich bin heute im Dienst.« Er habe eine tiefe Ernsthaftigkeit ausgestrahlt, die alle sofort beeindruckt habe.

»Bist du eigentlich auch der Beste in deiner Firma?«, fragte sie mich.

»Ganz sicher nicht«, sagte ich, lachte als Einziger und versuchte dann, eisern ihrem Blick standzuhalten.

»Felix ist ein Nationalist«, sagte Olga stolz, als handele es sich dabei um eine meiner hervorragendsten Charaktereigenschaften.

»Wie bitte?«, sagte ich.

»Ein Nationalist. Du bist ein richtiger Nationalist, wie dein Großvater.«

»Ich glaube nicht, dass man das so sagen kann, Olga. Von mir aus müsste es Nationen überhaupt nicht mehr geben. Sie machen eigentlich überwiegend Schwierigkeiten.«

»Aber ein Patriot!«, sagte Olga und schlug sich aufs Knie. »Slawa war ein großer Patriot, und du bist es auch.«

In der psychiatrischen Klinik von Beregowo, fuhr Sofija fort, sei Slawa vom ersten Tag an der Beste gewesen. Sobald er einen Raum betreten habe, sei er der Einzige gewesen, der gesprochen habe, was den anderen überwiegend gut gefallen habe, weil es bedeutete, dass niemand eine Frage an sie richtete und sie sich zurücklehnen konnten. Als Privatmann, Gastgeber und Unterhalter habe sie ihn allerdings erst später kennengelernt, als sie feststellten, dass sie in derselben Plattenbau-Wohnanlage wohnten und sie seitdem zu den Abenden eingeladen wurde, die Slawa regelmäßig gab und bei denen er seine Gäste ganz genauso mühelos für sich gewann wie seine Mitarbeiter.

Während mir die ehemalige Krankenschwester all das erzählte, fiel mir irgendwann auf, dass ich nicht mehr zuhörte. Mir kam es vor, als würde ich die Geschichte schon kennen und als wüsste ich, wie sie weitergeht. Aus irgendeinem Grund erzählte jeder, der eine gewisse Zeit mit Slawa verbracht hatte, genau dieselben Dinge über ihn. Uns wurde immer dieselbe Story aufgetischt. Jedes Kind weiß, dass man drei verschiedene Versionen präsentiert bekommt, wenn man drei Leute zu einem Ereignis befragt, das gerade einmal ein paar Tage zurückliegt. Erinnerungen sind immer Erfindungen. Im Normalfall müsste Slawa im Gedächtnis jedes Menschen, der ihn im Laufe der Jahre gekannt hatte, eine andere Rolle spielen, als väterlicher Freund, strenger Stationsleiter oder trinkfreudiger Poet. Wenn man all diese Bilder, die sich die Menschen von Slawa gemacht hatten, am Ende zusammenfügte, würden sie ein Gesamtbild ergeben, das der Wahrheit vielleicht einigermaßen nahekam. Nur: So war es nicht. Der Slawa, der uns aus den Erzählungen entgegentrat, war eine Figur, die alle auf genau die gleiche Weise in Erinnerung hatten.

Meine Vermutung war, dass die ganze Sache auf Olga zurückging: Jeder Ort, den wir besucht hatten, und jeder Zeitzeuge, den wir gesprochen hatten, war von Olga ausgesucht worden. Wir erforschten weniger das Leben von Slawa als die Geschichte, die Olga von ihrem Mann erzählen wollte. Wir waren in einem Slawa-Falbusch-Erlebnispark unterwegs, den Olga entworfen hatte.

Auf einmal kam es mir vor, als würde ich einer Delegation aus Moskau angehören, die sich ein Bild von den Fortschritten in der transkarpatischen Provinz machen sollte und für die extra die Fabriken geputzt, die Arbeiter instruiert und die Schaufenster neu dekoriert worden waren, und während Schwester Sofija weiter in mein Aufnahmegerät redete und Olga lächelnd neben ihr saß, hoffte ich, dass ich nur eine paranoide Episode hatte.

Dann kam mir der Gedanke, dass diese Aufführung, die hier für uns gegeben wurde, womöglich weniger von Olga ausging als von der Kleinstadt selbst, diesem rätselhaften Organismus, der für Großstädter, die aus einem eintausend Kilometer entfernten Land angereist waren, unmöglich zu durchschauen war. Denkbar war, dass die Initiative für diese Inszenierung nicht von Olga stammte, sondern von einem solidarischen Kollektiv, das eines ihrer Mitglieder schützen wollte. Vielleicht hatten die Frauen von Uschgorod Olga sogar um Instruktionen gebeten, damit sie nicht versehentlich eine Seite von Slawa verrieten, die in dem Buch eines deutschen Journalisten nichts verloren hatte.

»Olga, du musst uns wissen lassen, was wir sagen sollen. Wir wollen dich nicht bloßstellen, du allgemein respektiertes Mitglied unserer Gemeinde«, sagten die Frauen im Chor.

»Ich kann von euch nicht verlangen, dass ihr euch meinetwegen verstellt«, antwortete Olga. »Sagt, was ihr müsst. Sagt einfach die Wahrheit.«

»Die Wahrheit?! Du musst verrückt sein!«

»Ich bestehe darauf: Nichts als die Wahrheit.«

Unter den Frauen entstand ein ungläubiges Gemurmel.

»Dass Slawa ein hervorragender Arzt war und strenger Vorgesetzter, aber auch ein einfühlsamer Vater, glänzender Unterhalter und begabter Poet«, sagte Olga schließlich. »Einfach die Wahrheit.«

So, stellte ich mir vor, musste es ungefähr abgelaufen sein.

Auf dem Rückweg von der Wohnanlage hielten wir an einem Stand am Straßenrand, der ausschließlich Wassermelonen im Angebot hatte. Hinter dem Verkäufer stapelten sich die Wassermelonen zwei Meter hoch, es war ein riesiger Berg.

Ljuda ließ sich verschiedene Exemplare reichen, was ein ziemlich aufwendiger und schweißtreibender Prozess war, und weil ich mir nicht erklären konnte, warum sie den Verkäufer so lange quälte, fragte ich, ob es beim Kauf von Wassermelonen überhaupt etwas zu beachten gäbe oder ob letztlich nicht alles einfach Wassermelonen seien.

»Oh, es gibt gewaltige Unterschiede«, sagte Ljuda gut gelaunt. »Zuerst einmal gibt es männliche und weibliche. Die erkennt man an dem kleinen Kreis an der Unterseite. Man sollte immer eine weibliche nehmen, die sind süßer und haben weniger Kerne. Siehst du, die hier ist männlich. Er hofft, dass ich das nicht merke.« Sie blickte in Richtung des Verkäufers. »Dann muss man rausfinden, wie reif sie sind, indem man auf die Schale klopft. Wenn sie hohl klingt, ist sie gut. Das hast du nicht gewusst?«

»Woher hätte ich das wissen sollen?«, sagte ich. »Ich bin

aus dem Osten. Wir hatten keine Wassermelonen«, und dieser Witz gefiel ihr unglaublich gut.

Die Wassermelone war für Djadja Borja bestimmt, den wir am nächsten Tag genau wie im vorangegangenen Jahr auf seinem Hof besuchten, was uns allerdings niemand gesagt hatte. Es war über unsere Köpfe hinweg entschieden worden, was wir für ein sicheres Zeichen dafür hielten, dass wir eine unsichtbare Grenze überschritten hatten. Es gab schon jetzt, bei unserem zweiten Aufenthalt in Uschgorod, gewisse Programmpunkte, die wir zu absolvieren hatten, einfach weil sie dazugehörten, und in gewisser Weise hatten wir damit die letzte Phase der Familienzusammenführung erreicht: Wir mussten Besuche bei älteren Leuten über uns ergehen lassen, zu denen wir keinerlei Bezug hatten und deren Leben mit unserem nicht das Geringste zu tun hatte.

Wir brachten das gut hinter uns: Wir tranken frisch gemolkene, warme Kuhmilch, hörten ukrainische Volksmusik und rührten den selbst gebrannten Wodka nicht an. Irgendwann ging ich allein in den Wald, immer weiter den steilen Hang hinauf, um herauszufinden, ob es von dort oben so etwas wie eine Aussicht gab, aber der Wald war zu dicht, weshalb man auch vom Gipfel nur noch mehr Bäume sehen konnte. Ich setzte mich auf einen Baumstumpf, um auf irgendein Gefühl zu warten, das nicht lediglich Erschöpfung war, ging aber zu den anderen zurück, als ich in der Ferne Schüsse hörte. Als Olga kurz die Füße in den Bach stellte, verfing sich ein loser Fischerhaken in ihrer Wade, woraufhin sie recht stark blutete. Sie ließ ihn sich sofort und ohne großes Aufhebens wieder entfernen. Die Operation führten Djadja Borja und seine Frau durch, und es kamen dabei unter anderem eine alte Zange und relativ viel Wodka zum Einsatz.

Der Ausflug fiel deutlich kürzer aus als beim letzten Mal, weil es am Nachmittag zu regnen anfing und relativ kühl wurde. Der Regen ging unaufhörlich auf die Blätter des Waldes nieder, während ein altes Telefon, das jemand auf den Tisch gelegt hatte, »You're my heart, you're my soul« von Modern Talking spielte.

Auf dem Weg zurück in die Stadt saßen wir alle schwermütig mit nassen Kleidern im Auto und ließen die transkarpatische Hügellandschaft an uns vorbeiziehen, die jetzt unter einer dichten, niedrigen Wolkendecke lag.

»Ljudmila Markowna ist einmal nach Moskau gezogen, um herauszufinden, ob es sich dort besser leben ließe«, sagte Olga, die neben mir auf dem Beifahrersitz saß und aus dem Fenster schaute. »Nach einem Jahr war sie wieder da und hat nie wieder davon gesprochen. Sie hätte auch nach Israel ziehen können. Viele ihrer Freunde haben es getan. Aber sie nicht. Es gab damals keinen Grund, von hier fortzugehen. Wir hatten alles, was man sich wünschen konnte.«

Diese Anekdote kam ein wenig aus dem Nichts, und ich vermutete, dass Olga dabei an ihren Sohn Sanja und ihren Enkel Kostja dachte. Beide hatten sich anders entschieden als damals Ljudmila Markowna und waren nach Israel emigriert. Ljuda hatte erzählt, dass Sanja seine Mutter bei jedem zweiten Telefonat aufforderte, ihm nach Israel zu folgen, wo es warm sei und alte Leute nicht arbeiten mussten und sie schwimmen gehen konnte, so viel sie wollte.

Olga war bewusst, dass Sanja Ljuda genau dieselben Vorträge hielt, und sobald die sich entschließen sollte, das beschwerliche Leben in der Ukraine aufzugeben und in Israel neu anzufangen, würde Olga als Letzte ihrer Familie übrig bleiben. Und in jüngster Zeit beklagte sich Ljuda auffallend oft. Noch vor einem Jahr hatte Ljuda von Israel vor allem als einer grotesken, von Arabern umzingelten Wüste gesprochen, in der es niemand, der einigermaßen bei Sinnen war, länger als eine Woche aushielt. Spätestens seit Kostja sein erstes Geld verdiente, hatte sich ein neuer Duktus eingeschlichen, und das war Olga nicht entgangen.

»Die Ukraine ist wunderschön, aber das Leben ist schwer«, sagte Ljuda jetzt bei jeder Gelegenheit. »In Israel ist es andersrum.«

»In dem Haus dort hatte Slawa seinen ersten Herzinfarkt«, sagte Olga und zeigte auf ein Dach, das hinter einer hohen Hecke hervorragte und von der Autobahn aus kaum zu erkennen war. »Das war damals unser Sommerhaus.«

»Ihr hattet ein Sommerhaus?«

»Ja, aber dann mussten wir es verkaufen.«

Und dann erzählte Olga die Geschichte von dem Sommerhaus, die mit dem Ende der Sowjetunion zu tun hatte und außerdem mit dem Ende von Slawa Falbusch und dem Beginn einer neuen Zeit. In den wenigen Monaten zwischen der Revolution und seinem Tod hatte Slawa seiner Frau einen dringenden Auftrag erteilt: So schnell wie möglich solle sie die Bank aufsuchen und all seine Ersparnisse abbuchen. Den Banken sei jetzt nicht mehr zu trauen, schließlich gebe es niemanden mehr, der sie sanktionieren könne. Das sei ihm vor Kurzem mitten in der Nacht aufgefallen. Es gebe keinerlei Regeln mehr, die Gesetze seien alle erloschen, und die Banken könnten mit dem Geld, das auf ihren Konten lag, tun und lassen, was sie wollten. Olga wusste nicht so recht. Sie fand den Alarmismus ihres Mannes seltsam paranoid und schob den Besuch bei der Bank immer weiter auf. Die Leute, die in Uschgorod bei der Bank arbeiteten, waren allesamt gute, verlässliche Menschen, deren Familien die Falbuschs gut kannten. Wieso sollten sie auf einmal ihre eigenen Kunden berauben?

Als sie endlich Zeit fand, zur Bank zu gehen, war es schon zu spät. Das Sparkonto ihres Mannes war geschlossen, der Zugriff wurde ihr verweigert.

»Sie haben gesagt, wir hätten unser Geld in Rubel angelegt«, sagte sie, während wir die Stadtgrenze von Uschgorod erreichten, »Rubel gebe es aber nicht mehr, weshalb es auch unser Geld nicht mehr gebe.«

Nachdem man ihr den Zugriff auf das Konto ihres Mannes verweigert hatte, versuchte sie eilig, auf ihr eigenes Konto zuzugreifen, dann auf das Konto von Ljudmila Markowna und auf die Konten, die sie für ihre Kinder angelegt hatten und die eigentlich als Geschenke für deren achtzehnte Geburtstage gedacht waren. Alle Konten waren gesperrt, das gesamte Geld, die Ersparnisse, die die Arztfamilie in drei Jahrzehnten zusammengetragen hatte, waren verschwunden.

Die Bank hatte das Geld tatsächlich einfach einkassiert, und Slawas Vision hatte sich bewahrheitet: Es gab in den Wirren der Revolution niemanden, an den sich die Falbuschs hätten wenden können. Keine Regierung, keine Finanzbehörde. Streng genommen war nicht einmal gewiss, in welchem Land sie eigentlich lebten. Die Sowjetunion gab es nicht mehr, eine unabhängige Ukraine gab es noch nicht. Und von einem Tag auf den anderen war die Familie, die sich ein halbes Jahrhundert lang als Säule des gehobenen, arbeitsamen, intellektuellen Bürgertums der stolzen Region Transkarpatien verstanden hatte, bankrott. Die Enteignung war vollkommen geräuschlos vonstattengegangen. Sie hatten es nicht einmal mitbekommen. Es gab keine Pogrome, keine Parade feindlicher Söldner durch die Hauptstraßen der Stadt, keine schwelenden Trümmerhaufen. Ein Anruf aus Kiew oder Moskau oder New York oder woher auch immer genügte, und die Familie Falbusch besaß nur noch das, was sie zufällig gerade im Portemonnaie hatte. Und ein Sommerhaus.

In diesem Sommerhaus, erzählte Ljuda jetzt von der Rückbank, habe Slawa sie am Tag vor seinem Tod zu sich gerufen, als sie vierzehn Jahre alt war. Er habe ihre Hand in seine Hände genommen, sie auf seine Brust gelegt und gesagt: »Spürst du das? Das ist mein Herz. Das Herz ist wie eine Maschine, es pumpt und pumpt und hält uns am Leben. Doch wie jede Maschine hört es irgendwann auf.«

Ljuda habe damals nicht gewusst, was ihr Vater mit dieser seltsamen Bemerkung sagen wollte, aber es machte ihr auf eine unbestimmte Weise Angst, und in dieser Nacht habe sie furchtbar schlecht geschlafen. Am nächsten Tag sei Slawa im Krankenhaus tot zusammengebrochen.

Die letzten Monate seines Lebens verbrachte mein Großvater, der sich nie Gedanken über Geld hatte machen müssen, in echter Armut. Während in Berlin die Menschen auf den Straßen tanzten, waren Slawa und Olga plötzlich darauf angewiesen, sich von ihren Patienten mit Kartoffeln und Brot bezahlen zu lassen. Immerhin zahlten sich die guten Beziehungen zu Djadja Borja aus: Auf dem Hof bekamen sie Milch, Eier, Gemüse und Fleisch.

Als wir uns am Abend verabschiedeten, weil wir am nächsten Morgen wieder nach Berlin aufbrachen, nahm mich Ljuda im Vestibül von Olgas Wohnung kurz zur Seite: »Weißt du, was es Olga bedeutet, dass sie dich noch einmal sehen durfte?«

»Ich bin nicht ganz sicher. Ich kann es wahrscheinlich höchstens erahnen.«

»Es war für sie ein Geschenk des Himmels.«

Dann rieb sie meine Schultern mit beiden Händen. Auch für meine Mutter hatte sie noch einen Hinweis:

»Wenn ihr in Israel seid, musst du eines beachten: Im Herzen ist Sanja immer noch ein kleiner Junge.«

»Was soll das denn bedeuten? Das ist nicht unbedingt ermutigend.«

»Versuche einfach, es im Hinterkopf zu behalten.«

Teil drei

Was für eine Art von Frau liebt ein Mann?«

»Keine Ahnung?«

»Zwei Arten: eine reiche Schwester und eine gesunde Ehefrau. Die Ehefrau muss noch Kinder zur Welt bringen, dafür muss sie gesund sein. Bei der reichen Schwester ist das nicht so wichtig.«

Meine Mutter saß auf einem Balkon in der israelischen Stadt Haifa und lachte sich tot. Obwohl es spät war und außerdem Oktober, war es immer noch drückend heiß. Auf ihrem Gesicht lag ein dünner Film aus Sonnencreme und Schweiß, der jetzt wegen der Reflexionen der Lichter aus der Haifaer Innenstadt gold-braun angeleuchtet wurde. Sie nahm ihr Weinglas vom Tisch, stieß mit Sanja auf seinen gelungenen Witz an und sagte schließlich: »Das ist aber nicht sehr nett.«

Das Hotel, in dem wir untergekommen waren, um Sanja in Haifa zu besuchen, hieß »Hotel Eden«, und im Frühstücksraum hatten wir einen Stammbaum der Besitzerfamilie entdeckt, aus dem hervorging, dass das Hotel von einem nahen Verwandten von Rolf Eden betrieben wurde, der in Westberlin mehrere Nachtclubs besessen hatte und ein berühmter Playboy war. Von der Presse war Rolf Eden oft gefragt worden, was es ihm bedeute, als israelischer Jude in Westberlin erfolgreich zu sein, aber er hatte stets glaubhaft erklärt, dass das für ihn nie eine Rolle gespielt habe und er lediglich an Frauen, Geld und Luxus interessiert sei.

Wir hatten unsere Koffer in den Zimmern verstaut, Sanja eine Nachricht geschrieben und uns zu einem kleinen Spaziergang zu einem nahe gelegenen Weingeschäft aufgemacht. Als wir zurückkamen, stand Sanja schon vor dem Hotel und wartete auf uns. Er war ein massiger, fünfzigjähriger Mann mit einer schiefen Körperhaltung. Wegen der Oktoberhitze trug er nur so viel Kleidung wie unbedingt nötig: ein kariertes Kurzarmhemd, eine sehr kurze, türkisfarbene Hose und ausgetretene Sandalen. Auf der Brusttasche seines Hemdes war ein großer, runder, roter Fleck zu sehen, der offenbar von einem Stift stammte, der in der Tasche ausgelaufen war, was Sanja allerdings nicht bemerkt hatte oder was ihn vielleicht einfach nicht kümmerte.

Er hatte gerade einen Streit mit der Rezeptionistin des Hotel Eden hinter sich. Er hatte herausfinden wollen, in welchen Zimmern wir untergebracht waren, aber weil er so einen unruhigen und derangierten Eindruck machte und außerdem nicht besonders gut roch, hatte ihm die Rezeptionistin seine Geschichte von den deutschen Verwandten nicht abgenommen und ihn aufgefordert, das Hotel zu verlassen, woraufhin Sanja ausfallend geworden war und die Rezeptionistin schließlich damit gedroht hatte, die Polizei zu rufen, wenn er sich nicht augenblicklich beruhige. Als wir auf dem Weg zum Balkon im vierten Stock an der Rezeption vorbeiliefen, würdigte er sie keines Blickes.

Von dem Balkon aus konnten wir den Schrein des Bab sehen, das spirituelle Zentrum der Bahai, einer Religion, von der ich noch nie gehört hatte. Die erste Nacht im Hotel Eden verbrachte ich deshalb damit, die zwölf ethischen Grundsätze der Bahai zu lesen, und ich kam zu dem Schluss, dass es die sympathischste Religion war, die mir jemals über den Weg gelaufen war. Die Bahai forderten ihre Anhänger unter anderem auf, jegliche Vorurteile abzulegen, Gleichberechtigung zwischen Männern und Frauen herzustellen, soziale Ungleichheit zu bekämpfen und für den Weltfrieden einzutreten. Außerdem hatten Bahai darauf zu achten, dass ihre Glaubensgrundsätze mit dem jeweiligen Stand von Wissenschaft und Rationalismus in Einklang zu bringen waren, weshalb ich mich fragte, ob es sich bei den Bahai eigentlich wirklich um eine Religion handelte.

Sanja redete vom ersten Moment an ununterbrochen, auf diese wasserfallartige, sich selbst vorantreibende Weise, die ich an Leuten, die seit Langem allein wohnen, schon öfter beobachtet habe. Er machte zurzeit eine Weiterbildung, die vom israelischen Staat bezahlt wurde und eigentlich für Neuankömmlinge vorgesehen war, aber weil Sanja arbeitslos war, hatte man ihn dorthin geschickt, obwohl er seit mittlerweile sieben Jahren hier lebte. Der Kurs fand in einem Ort siebzig Kilometer von Haifa entfernt statt, weshalb Sanja jeden Morgen um vier Uhr aufstand und drei Stunden mit dem Bus durch die nordisraelische Steppe fuhr. In dem Kurs befanden sich ausschließlich Ärzte aus Russland und der Ukraine, wobei die meisten Ukrainer aus dem Osten stammten und vor dem Krieg geflohen waren, den die Russen dort derzeit gegen sie führten. Bei diesen Emigranten handelte es sich überwiegend um erfahrene Ärzte, die älter als fünfzig waren, aber hier wurden sie genötigt, sich von einer kaum Dreißigjährigen noch einmal die Grundlagen der Medizin erklären zu lassen. Sanja sagte, es gehe dabei vor allem darum, einen inneren Abkopplungsprozess zu durchlaufen. Sie sollten die russische Medizin hinter sich lassen und ab sofort israelische Medizin praktizieren, die allerdings in Wahrheit eine verdeckte amerikanische Medizin sei. Die Unterschiede seien nicht besonders groß, aber die Amerikaner glaubten nun einmal, sie wüssten alles besser. Der Hauptunterschied sei dieser: Wenn man in Israel zum Arzt gehe, kehre man grundsätzlich mit einer Krankheit nach Hause zurück, während es in der Ukraine genau andersrum sei. Dort gehe man krank zum Arzt und werde dann informiert, dass man nichts habe. Deshalb gebe es in der Ukraine auch so wenige Kranke.

»Wollt ihr noch einen Witz hören?«

»Unbedingt!«

»Was ist die wahre Heimat eines Juden?«

»Die wahre Heimat … keine Ahnung.«

»Das Grab!«

»Das Grab?«

»Genau!«

»Das ist nicht wirklich ein Witz, Sanja.«

»Natürlich ist das ein Witz!«

»Nicht wirklich. Er ist traurig. Es gibt kein einziges amüsantes Element, und deshalb kann es gar kein Witz sein.«

Sanja rutschte verlegen auf seinem Stuhl hin und her, trank einen Schluck Cognac, schaute dann in das Glas und ließ den letzten Cognacrest mit einer routinierten Bewegung des Handgelenks rotieren.

»Vielleicht habt ihr recht. Die Juden machen traurige Witze. Das ist nicht meine Schuld.«

Die erste Kindheitserinnerung von Sanja Falbusch stammt aus einer geschlossenen Anstalt für psychisch Kranke. Die Anstalt befand sich in einem abgelegenen Dorf namens Wilschany inmitten der ewig schweigenden transkarpatischen Berge. Slawa hatte damals in dieser Anstalt als Arzt gearbeitet und eines Tages seinen kleinen Sohn Sanja zur Arbeit mitgebracht. In Sanjas Erinnerung fuhren sie im Schritttempo an dem Zaun der Anstalt entlang, während er angeschnallt auf dem Beifahrersitz saß und noch so klein war, dass er sich strecken musste, um aus dem Fenster zu schauen. Sie waren in die Auffahrt eingebogen, und die kahl geschorenen Patienten mit ihren seltsamen Bewegungen und ihren irren Augen hatten seinen Vater aus der Ferne sofort erkannt. Einer nach dem anderen sei an den Zaun getreten, habe seine Finger in dem Draht verkrallt und Slawas Namen gerufen, bis sich aus dieser Prozession eine dumpfe Kakofonie entwickelte, ein Chor aus Wahnsinnigen, der vielstimmig nach seinem Vater rief.

Diese Szene sei fast fünfzig Jahre her, aber Sanja habe sie bis heute vollkommen klar vor Augen. Während er das erzählte, kniff er ständig die Augenbrauen zusammen und massierte sich mit den Fäusten beide Schläfen, was ich für ein wenig besorgniserregend hielt. Außerdem hatte Sanja die Angewohnheit, Grimassen zu ziehen oder die Zunge rauszustrecken, wenn er etwas gesagt hatte, für das er sich schämte oder von dem er glaubte, es könnte den Verdacht erwecken, er sei nicht ganz zurechnungsfähig.

»Ich musste heute einen Vortrag halten«, sagte er.

»Und wie ist es gelaufen?«

»Gut, glaube ich. Es war ein Vortrag über medizinische Clowns.«

Wie immer, wenn sie einen englischen Begriff nicht verstand, schaute meine Mutter in meine Richtung, ohne mich direkt anzusehen. Sowohl meine Mutter als auch Sanja sprachen ein sehr eigenwilliges Englisch, und im Grunde war es ein Wunder, dass sie überhaupt kommunizieren konnten.

»Medizinische Clowns«, sagte ich, »Clowns in Krankenhäusern. Ich habe mal einen Artikel darüber gelesen. Sie machen Witze und jonglieren, um die Stimmung der Patienten zu heben. Das macht man vor allem bei Kindern, glaube ich.«

»Und das macht Sanja?«

»Nein, er hat nur einen Vortrag darüber gehalten.«

»Ach, schade. Ich glaube, er könnte das gut.«

»Meine Mutter findet, dass du das machen solltest«, übersetzte ich für Sanja. »Sie glaubt, du wärst bestimmt gut darin.«

»Ja, aber dafür muss man in Israel zwei Jahre studieren.«

»Zwei Jahre Studium? Um ein Clown zu sein?«

»Ein medizinischer Clown«, sagte Sanja mit großer Ernsthaftigkeit. »Mittlerweile geben sie auch Spritzen und so weiter. Es sind richtige Assistenten.«

Für Sanja war dieser Vortrag über medizinische Clowns Teil einer persönlichen Vendetta, die er seit langer Zeit mit den Vertretern der russischen Schulmedizin austrug. Während seines Studiums war er mehr als einmal dafür bloßgestellt und ausgelacht worden, dass er so viel auf alternative Behandlungsmethoden gab und von seinem Vater den Glauben übernommen hatte, dass vielen Patienten mit Worten, Zuwendung und Aufmerksamkeit mehr geholfen war, als wenn man ihnen Medikamente verabreichte. Im letzten Semester hatten sie an der Universität in Lemberg einen Gastprofessor aus der Mongolei zu Besuch, der einen ganzheitlichen Zugang zur Medizin unterrichtete, den er vermutlich dem chinesischen Einfluss zu verdanken hatte. Sanja hatte diesem Professor an den Lippen gehangen und jede einzelne seiner Vorlesungen besucht. Einmal hatte der Professor die Empfehlung ausgesprochen, ein Semester an einer mongolischen Universität zu verbringen, um eine vollkommen andere medizinische Philosophie kennenzulernen. Als er allerdings fragte, wer an so einem Austauschsemester Interesse hatte, meldete sich nur Sanja.

Jetzt war er israelischer Staatsbürger, und all die russischen und ukrainischen Schulmediziner, die mit ihm Hebräisch und amerikanische Medizin büffelten, hatten keine andere Wahl, als sich seinen Vortrag über die Erfolge medizinischer Clowns anzuhören und die Durchbrüche, die auf diesem Gebiet in den vergangenen Jahren erzielt worden waren. Die Verhältnisse hatten sich endlich umgekehrt: Er hatte die Lehrmeinung auf seiner Seite, und wenn diese Hinterwäldler in diesem Land praktizieren wollten, mussten sie erst einmal an ihm vorbei. Er war ihnen nicht nur in der medizinischen Philosophie um Jahrzehnte voraus, er war auch sieben Jahre vor ihnen nach Israel ausgewandert. Zur Strafe bekamen sie den durchdachtesten und fundiertesten Vortrag vorgesetzt, den Sanja in seinem ganzen Leben gehalten hatte.

»Du bist doch Journalist. Heißt das, du schreibst?«

»Ja, aber nur für Zeitungen«, sagte ich, um die Sache herunterzuspielen, obwohl es gut möglich war, dass Sanja den leicht dünkelhaften Begriff, den sich die Deutschen von der Ausnahmestellung des poetischen Schreibens machten, gar nicht teilte. Ich teilte ihn ja nicht einmal selbst.

»Ich schreibe auch, aber nur Gedichte und Lieder. Mein letzter Song hieß ›Wir sind keine Russen, wir sind Ukrainer und wir treffen uns in Israel‹.«

»Das ist ein ziemlich langer Titel.«

»Kann sein. Ich habe noch keinen besseren. Aber es braucht auch keinen besseren.«

»Wahrscheinlich nicht. Komponierst du auch die Melodien?«

»Ich benutze einfach Melodien, die ich im Kopf habe. Für ›Wir sind keine Russen, wir sind Ukrainer und wir treffen uns in Israel‹ habe ich einen bekannten ukrainischen Schlager benutzt. Wenn ihr Ukrainer wärt, würdet ihr ihn kennen.«

»Aber das sind wir doch«, sagten wir, um ihn aufzuheitern, »zumindest teilweise.«

Sanja strahlte eine martialische Einsamkeit aus, die immer aufdringlicher wurde, je häufiger er sich als Mitglied eines verschworenen Kollektivs ausgab, ob es die Ukrainer waren oder die Juden oder die Einwohner von Transkarpatien, weshalb wir ihm immer wieder versicherten, auf seiner Seite zu sein, auch weil wir den Eindruck hatten, dass seine Liebe womöglich nicht erwidert wurde und er seine Treuebekenntnisse letzten Endes in den Wald hineinrief.

Am nächsten Morgen wachte ich früh auf und ging in den nächsten Supermarkt, um Frühstück zu holen, wobei mir auffiel, dass die Schilder der meisten Geschäfte kyrillisch beschriftet waren und es sich offenbar um das russische Viertel handelte. Im Supermarkt lief russischer Pop, und außer mir waren vor allem ältere Paare da, von denen genau derselbe müde Fatalismus ausging, den ich am Vorabend an Sanja beobachtet hatte. Diese depressive Schicksalsergebenheit schien die Stimmung zu sein, die das ganze Viertel grundierte.

Die Gespräche an der Fleischtheke wurden auf Russisch geführt und es gab russische Kekse, eingelegte Paprika in Gläsern und eine ganze Wand mit russischen Wodkas. Nur Wasser konnte ich nirgendwo finden, und nachdem ich zwanzig Minuten durch den Supermarkt gelaufen war, sagte ich zu einer Angestellten zwei Mal »woda«, das einzige russische Wort, das ich kannte. Aus der letzten Reihe eines Kühlschranks zog sie eine Flasche Wasser hervor, die so weit hinten stand, dass die Angestellte dabei fast vollständig in dem Kühlschrank versank, und ich fragte mich, ob ich irgendetwas grundsätzlich falsch machte, schließlich konnte ich kaum der Einzige sein, der in diesem Supermarkt Wasser kaufte. Als ich mit einer Packung Kekse und einer Flasche Wasser in der Hand zurück ins Hotel kam, saß Sanja schon wieder auf dem

Balkon. Wir hatten ausgemacht, uns gegen halb elf zu treffen, vorher aber noch einmal zu telefonieren. Beides hatte er ignoriert. Er war mehr als zwei Stunden zu früh.

Sanja hatte in der Ukraine nie großen Erfolg gehabt, und als die Wirtschaft eingebrochen war, hatte er seinen Job gekündigt und war nach Israel aufgebrochen in der Hoffnung, dass seine Familie bald nachkäme. Allerdings war die Familie bis heute nicht gekommen. Außerdem musste er feststellen, dass man es als Immigrant, der nicht einmal richtig Hebräisch sprach, auch nicht eben leicht hatte und dass er sich hier in einer ähnlich miserablen Situation befand wie zuvor, mit dem einzigen Unterschied, dass es auch im Oktober noch fünfunddreißig Grad warm war. Derlei Geschichten gab es in diesem Viertel vermutlich viele: Russen und Ukrainer, die das letzte Drittel ihres Lebens lieber am Mittelmeer verbringen wollten als im russischen Winter und zu spät merkten, dass das Leben als Einwanderer ziemlich einsam sein konnte, weshalb sie sich im Alltag mit Produkten aus der Heimat eindeckten, in die sie nicht mehr zurückkehren konnten, weil sie Haus und Hof verkauft hatten und es auch dort keine Arbeit für sie gab, was ja ursprünglich der Grund gewesen war, aus dem sie überhaupt ausgewandert waren. Und jetzt saßen sie gewissermaßen in der Falle.

»Sanja! Was machst du denn schon hier?«

»Ihr wolltet mich doch zu dem Araber fahren.«

»Aber erst in zwei Stunden!«

Ich lachte übertrieben gut gelaunt, obwohl es mir gar nicht unbedingt recht war, jetzt schon wieder mit Sanja zu sprechen. Ich war zu früh aufgewacht, der Wein von gestern summte in meinem Kopf, und ich hatte gehofft, vielleicht noch eine Stunde Schlaf ergattern zu können.

»Möchtest du ein paar Kekse?«

»Nein, vielen Dank.«

»Ich habe sie aus dem russischen Supermarkt die Straße runter. Auf dem Weg dorthin ist mir aufgefallen, dass es hier ziemlich viele russische Geschäfte gibt.«

»Hast du den russischen Buchladen gesehen? Das ist der beste russische Buchladen der Stadt.«

»Ich glaube nicht.«

»Wieso bist du heute eigentlich nicht in der Schule?«

»Schabbat.«

»Oh, das war mir nicht bewusst. Deswegen sind so viele Läden geschlossen.«

»Ja.«

»Aber der russische Supermarkt ist offen.«

»Nur ein paar Stunden am Morgen. Er schließt gleich wieder.«

»Verstehe. Könntest du ein paar Minuten warten? Ich habe noch nicht geduscht.«

»Klar, ich sitze einfach hier.«

»Es dauert nur zwei Minuten.«

»Keine Eile.«

In meinem Hotelzimmer schrieb ich eine Nachricht an meine Mutter, die sie sehen würde, wenn sie aufwachte, und in der ich sie informierte, dass Sanja schon da war und wir auf dem Balkon auf sie warteten. Während ich duschte, überlegte ich, was es mit der Brille auf sich hatte, die Sanja trug. Es handelte sich um eine ausladende Sophia-Loren-Brille mit einem bernsteinfarbenen Gestell und Gläsern mit violettem Farbverlauf. Er konnte diese Brille unmöglich gekauft haben, dachte ich. Wahrscheinlich stammte sie von seiner Mutter. Ich holte ein frisches Hemd aus meiner Tasche und krempelte in einem aufwendigen Verfahren, das ich vor einiger Zeit einem Tutorial auf einem Blog für Herrenmode entnommen hatte, die Ärmel bis kurz unter den Ellenbogen. Mir hat sich nie erschlossen, worin die Vorteile dieser Methode genau bestanden, aber sie war mit der Zeit zu einer Angewohnheit geworden, und schon allein deshalb mochte ich sie mittlerweile gern.

Zurück bei Sanja, bemerkte ich, dass er in der Zwischenzeit sein T-Shirt komplett durchgeschwitzt hatte, obwohl er ja lediglich auf der Couch saß. Die Luft war schon jetzt so heiß, dass man spürte, wie sie von innen die Luftröhre wärmte, wenn man tief einatmete, und auch Sanja schien das Atmen unter diesen Bedingungen nicht eben leichtzufallen. Kaum vorstellbar, dass er tatsächlich hier lebte.

»Ich glaube, ich habe das gestern nicht richtig mitbekommen. Wir fahren dich heute zu einem Araber?«

»Genau, ich habe was reparieren lassen und muss es abholen. Ich habe extra auf euch gewartet, um da nicht allein hinfahren zu müssen.«

»Hast du es bei der Mafia reparieren lassen?«

»Nein, aber der Laden liegt mitten im arabischen Viertel. Da bin ich lieber in Begleitung.«

»Warum hast du es dann überhaupt da hingebracht?«

»Weil es viel billiger ist!«

»Ich bin sicher, das ist nicht so gefährlich, wie du es darstellst.«

»Wir haben ständig Probleme mit den Arabern. Jetzt gerade erst mit den Drusen. Die haben tagelang protestiert und die halbe Stadt lahmgelegt, weil wir Kämpfer vom IS in unseren Krankenhäusern behandelt haben. So ist das. Wenn man zu den einen freundlich ist, hat man Ärger mit den anderen.«

»Wie bitte? Israel hat IS-Kämpfer behandelt?«

»Natürlich! Weißt du, wie weit Syrien von hier ist? Vierzig Kilometer! Wenn gutes Wetter ist, kann man es sehen. Der IS steht vierzig Kilometer von hier! Und seit Kurzem betteln deren verwundete Kämpfer an unserer Grenze, dass wir sie behandeln, weil sie sonst elendig verrecken. Erst haben wir sie zurückgewiesen, jetzt bringen wir sie nachts mit Transportern in unsere Krankenhäuser, damit es niemand merkt, aber die Drusen sind irgendwie dahintergekommen und blockieren jetzt die Straßen, weil sie den IS noch mehr hassen als wir. Man hat nur Ärger mit denen, und auf euch kommt das jetzt auch zu.«

Die Rede hatte Sanja sichtlich vitalisiert. Ich hatte zwar eine Karte des Syrienkrieges im Kopf, auf der es keine gemeinsame Grenze zwischen Israel und dem IS gab, und dass israelische Krankenhäuser Kämpfer einer radikalen islamistischen Miliz behandelten, kam mir nicht unbedingt wahrscheinlich vor. Zudem durfte man nicht vergessen, dass Sanja, während er mir all das erzählte, eine altmodische Sonnenbrille trug, die für glamouröse Frauen entworfen worden war, aber gleichzeitig konnte man diese Dinge nicht vollkommen ausschließen. Letztlich war offensichtlich, dass es ihm eine gewisse Freude bereitete, mich in diese Dinge einzuweihen, und ich hatte nicht vor, seine Glaubwürdigkeit in Zweifel zu ziehen.

Als nach etwa einer Stunde meine Mutter auftauchte, hatten wir uns beide gut in den Rollen für die nächsten anderthalb Tage eingerichtet: Er gewährte mir einen Einblick in seine Welt, die rauer, absoluter und von mehr konkreten Bedrohungen umgeben war, als ein verwöhnter Wohlstandsmitteleuropäer wie ich es sich vorstellen konnte. Und ich gestand zu, dass ich wenig darüber wusste, wie die Dinge in Haifa lagen, und dass ich mich nicht wie die amerikanischen

Ärzte verhalten würde, die den ukrainischen Ärzten erklärten, wie sie ihre Arbeit zu machen hatten. Ich würde keine postkolonialen Philosophen zitieren, niemandes Englisch verbessern und keine Urteile abgeben. Es war ein guter Kompromiss, ein echtes Stück Diplomatie.

»Es gibt ein jüdisches Sprichwort«, sagte Sanja. »Versuche immer, das Gute im Menschen zu sehen, denn was du in den Menschen siehst, zeigt, wer du bist.«

»Da ist sicher was dran«, sagte ich.

Auf diese Weise ließen wir den Morgen verstreichen, bis meine Mutter zu uns stieß. Sie sah schwer übernächtigt aus und balancierte viel zu viele Gegenstände in ihren Händen: Autoschlüssel, Sonnenbrille, Sonnencreme, Telefon, Portemonnaie. Meine Theorie war, dass sie die Sachen übermüdet in ihrem Zimmer aufgesammelt hatte, ohne daran zu denken, auch eine Tasche mitzunehmen, und dass sie noch so verschlafen war, dass ihr gar nicht auffiel, wie umständlich das in Wahrheit war. »Ich hatte drei Familien mit Kindern auf meiner Etage. Um zwei Uhr sind die Eltern schlafen gegangen. Um vier sind die Kinder aufgestanden. Ich bin nur froh, dass die Nacht endlich vorbei ist.«

Auf dem Weg nach unten drückte mir Sanja in dem engen Treppenhaus des Hotels Eden eine Kippa aus weißer Seide in die Hand, wobei er dicht neben mir lief und in einem verschwörerischen Tonfall sagte: »Die wirst du später noch brauchen.« Offenbar sollte meine Mutter davon nichts mitbekommen, und es schien ihm lieber zu sein, wenn die Sache unter uns blieb. Ich bedankte mich mit einer Kopfbewegung und steckte die Kippa in die Hosentasche. Sanja zwinkerte mir fröhlich zu. In seinem Rekrutierungseifer war er wirklich unermüdlich.

Kurz bevor wir in Berlin zum Flughafen gefahren waren, hatten wir noch kurz mit ihm telefoniert, um ein paar letzte Details abzustimmen und sicherzugehen, dass er an den Tagen, die wir in Haifa verbrachten, nicht versehentlich andere Verabredungen traf.

Ich glaube, es ging auf Ljudas Art, über ihren Bruder zu sprechen, zurück, dass wir Sanja in diesen Dingen nicht vertrauten. Am Ende des Gesprächs reichte mir meine Mutter das Telefon, und ich hörte zum ersten Mal Sanjas Stimme. Er redete vom ersten Moment an mit mir, als ob wir uns schon unser ganzes Leben kannten und zahlreiche Pläne miteinander geschmiedet hätten, aus denen dann allerdings nie etwas geworden war, womit wir uns gegenseitig seit Jahrzehnten aufzogen.

»Ah, der jüdische Enkel von Slawa!«, sagte er. »Möchtest du auch nach Israel auswandern? Möchtest du die israelische Staatsbürgerschaft?«

»Ich habe schon eine Staatsbürgerschaft, Sanja, und es ist nicht die schlechteste. Ich bin mit Staatsbürgerschaften ausreichend versorgt.«

»Wie sieht es aus in Deutschland? Viele Flüchtlinge, viele Probleme, was?«

»Ich glaube, wir kommen ganz gut zurecht.«

»Du klingst wie deine Mutter. Weißt du, was ich glaube? Das sicherste Land der Welt ist zurzeit Israel.«

Ich ging davon aus, dass ihm vollkommen bewusst war, wie verrückt er in unseren Ohren klingen musste und dass es ihm einfach Freude bereitete, uns zu konsternieren. Es waren freundliche Manöver, er hatte seinen Spaß mit uns. Und es war ja auch verlockend: Wir waren liberale Europäer, die sich mit dem Gedanken angefreundet hatten, dass die Welt im Begriff war, das Zeitalter der Verteilungskämpfe und der Religionskriege hinter sich zu lassen. Wir waren die am leichtesten zu konsternierenden Personen der Welt.

Als ich unseren Mietwagen vor dem arabischen Geschäft parkte, schlug Sanja unser Angebot, ihn in das Gebäude zu begleiten, mit einer beiläufigen Handbewegung aus, und nach ein paar Minuten kam er gut gelaunt und mit einer schwarzen Plastiktüte in der Hand wieder zurück. Er konnte sich hier offensichtlich völlig problemlos bewegen. Es gefiel ihm lediglich, uns aufs Glatteis zu führen und uns im Ungewissen zu lassen, dachte ich. Besonders zuvorkommend war dieses Verhalten sicher nicht, es machte ihn aber auch nicht zwangsläufig zu einem Fanatiker. Er hatte nur einen speziellen Humor, den wir uns sicher noch erschließen würden.

Zu diesem Zeitpunkt rechneten wir schon nicht mehr damit, dass wir über Slawa noch etwas Belastbares herausfinden würden. Wir waren an einem Punkt angekommen, an dem sich die Frage aufdrängte, was wir ursprünglich eigentlich gesucht hatten und ob wir nicht einem Versprechen aufgesessen waren, das zu groß war, als dass es tatsächlich eingehalten werden konnte, und das uns genau genommen auch nie jemand gegeben hatte. Und wenn wir ehrlich waren, hätten wir nicht einmal sagen können, worin dieses Versprechen eigentlich bestand. Wir hatten nur undeutliche Bilder vor Augen, diffuse Hoffnungen, die aber, glaubten wir, jeden Aufwand wert waren. Wir wären auch noch weiter gefahren, in noch abgelegenere Dörfer, noch tiefer in den Wald hinein, nur damit jemand dieses Versprechen einlöste. Und ja: Wenn sich irgendwann eine neue Gelegenheit ergeben sollte, würden wir natürlich sofort wieder von vorn anfangen.

Wir verbrachten den Tag damit, in der Stadt herumzufahren und den Anweisungen von Sanja Folge zu leisten, der uns von der Rückbank aus atemlos manövrierte. Offenbar hatte er sich vorgenommen, uns mehr von Haifa zu zeigen, als an einem Tag zu schaffen war, weshalb er ständig den Eindruck erweckte, wir seien fürchterlich in Eile. Nachdem wir zum dritten Mal an einer religiösen Stätte ausgestiegen waren, die in irgendeiner Weltreligion eine entscheidende Rolle spielte, nachdem wir drei Mal das Auto geparkt hatten, drei Mal heilige Treppen hinauf- und wieder hinabgestiegen und drei Mal zum Parkplatz zurückgelaufen waren, sagten wir zu Sanja, dass wir uns das unmöglich alles merken konnten und dass es gegen eine alte ostdeutsche Tradition verstoße, mehr als drei Tempel am Tag zu besichtigen. Mit diesem Humor konnte Sanja etwas anfangen, und wir entschieden, uns den Rest des Tages stärker treiben zu lassen. Es fehlte nur noch eine heilige Höhle, die wir unbedingt besichtigen mussten. Sanja bestand darauf, also ließen wir uns auf diese eine weitere Weihestätte ein. »Dann ist aber Schluss«, sagte meine Mutter.

Die Höhle befand sich direkt am Meer, und sie bestand aus einem einzigen Raum, der von einer Infotafel in zwei gleich große Bereiche geteilt wurde. Bevor wir eintraten, setzte ich meine weiße Kippa auf und präsentierte mich in diesem Aufzug Sanja, der allerdings gerade damit beschäftigt war, eine blaue Plastiksonnenbrille auszuprobieren, die er vor der Höhle auf dem Boden gefunden hatte, und deshalb nicht weiter auf mein religiöses Accessoire einging, was ich ihm ein wenig übel nahm. Ich hatte noch nie ein religiöses Symbol getragen. Sanja machte sich keinen Begriff von der Überwindung, die mich das gekostet hatte.

Auf der rechten Seite des Raumes saßen ein paar orthodoxe Juden und lasen halblaut aus der Thora vor. Als Sanja auf Hebräisch leise in die Runde grüßte, stand einer von ihnen auf und kam lächelnd auf uns zu. In den Händen hielt er eine Zitrone und eine Lauchstange, und nachdem er einige Worte mit Sanja gewechselt hatte, drückte er mir das Gemüse in die Hand und bedeutete mir, es zu schütteln. Ich folgte seinen Anweisungen und bewegte das Gesteck vor meinem Körper rhythmisch auf und ab. Währenddessen lächelten wir uns wortlos an.

Auf der Terrasse vor der Höhle, von der aus man fast das Meer hören konnte, fragte ich Sanja später, worüber er sich mit dem Orthodoxen unterhalten habe.

»Er wollte wissen, ob du Jude bist. Andernfalls hätte er dir das Gesteck nicht geben dürfen.«

»Und was hast du gesagt?«

»Dass ich das nicht beantworten kann und er mit deiner Mutter sprechen soll.«

»Aber sie spricht auch kein Hebräisch.«

»Das hat er auch gemerkt. Und dann hat er es dir einfach gegeben. Damit ist es offiziell«, sagte er, ohne mich anzuschauen. »Der Orthodoxe hat es entschieden.«

Er zündete eine Kerze an, die er am Eingang gekauft hatte, und stellte sie in eine Art Natursteinkamin, in dem schon zahlreiche andere Kerzen standen. Einige brannten noch, und der Boden war komplett mit weißem Wachs bedeckt. Sanja sprach meditativ ein paar Worte auf Hebräisch und machte insgesamt einen zufriedenen, erleichterten Eindruck, als habe er gerade eine wichtige Aufgabe erledigt oder eine langfristige Arbeit abgeschlossen. Es war nicht eben unwahrscheinlich, dass sich die Dinge aus seiner Perspektive so darstellten, dass ihm vor fast zwei Jahren wie aus dem Nichts eine deutsche Schwester und ein deutscher Neffe angespült worden waren und er das nicht für einen Zufall gehalten hatte, sondern für ein Zeichen. So eine Chance, sich als israelischer Jude zu beweisen, ergab sich nicht für jeden, und eine zweite würde er nicht bekommen, auch das musste ihm klar gewesen sein, was vielleicht der Grund dafür war, dass er vom ersten Tag an versuchte, uns für eine Übersiedelung nach Israel zu gewinnen.

Seitdem hatte seine Schwester eine Berliner Synagoge aufgesucht, zu Chanukka einen sechsarmigen Kerzenständer ins Fenster gestellt und sich angewöhnt, Nachrichten an ihn mit »Shalom Sanja« zu beginnen und ihm außerdem gelegentlich einen schönen Schabbat zu wünschen. Und das Judentum seines Neffen war soeben von einem Orthodoxen beglaubigt worden. Sanja hatte saubere Arbeit geleistet. Er würde uns weiter in regelmäßigen Abständen an die Vorzüge Israels erinnern und Fotos von israelischen Parks und Landstraßen schicken, aber alles Weitere lag nicht mehr in seiner Hand. Er konnte nur die Weichen stellen. Ich schaute ihm aus einigen Metern dabei zu, wie er seine Gebete sprach, und während er uns seit unserer Ankunft keine Sekunde aus den Augen gelassen hatte, schien er das Interesse an uns in diesem Moment vollkommen verloren zu haben.

Jetzt lagen mehr als drei Stunden vor uns, in denen wir nichts weiter zu tun hatten, als ein Mittagessen einzunehmen. Das war genau das Tempo, mit dem man sich durch einen 38-Grad-Tag bewegen sollte, dachte ich, und ich sprach es auch aus. Vielleicht war es gar nicht so schlecht, dass wir heute Morgen drei Sehenswürdigkeiten in anderthalb Stunden abgearbeitet hatten. Dadurch hatten wir ein gewisses Werk verrichtet, bevor die Hitzekurve ihren Höhepunkt erreichte. Wir schlenderten matt die Treppen hinab, die von der Höhle hinunter zur Straße führten. Wir hatten direkt am

Aufgang geparkt. Wegen des Schabbats waren die Straßen leer, und wir konnten unser Auto abstellen, wo wir wollten.

»Willst du eine Karte haben?«, fragte Sanja und hielt mir eine Visitenkarte hin, auf der in einem dreidimensionalen, kyrillischen Schriftzug sein Name aufgedruckt war. Die Buchstaben sahen aus, als bestünden sie aus einer leuchtenden, grünen Flüssigkeit, aus der sich in der Schwerelosigkeit zufällig eine Formation herausgebildet hatte, die Sanjas Namen ergab. Sanja besaß die Lavalampe unter den Visitenkarten. Ein Beruf fand sich darauf nicht.

»Hey, vielen Dank«, sagte ich und hob die Karte kurz auf dieselbe Art in die Höhe, wie ich es heute Morgen mit der Kippa getan hatte.

»Dreh sie mal um. Ich habe dir eine unterschriebene gegeben.«

»Tatsächlich. Da ist eine Unterschrift auf der Rückseite. Das bedeutet: Es ist ein Original. Sobald ich zu Hause bin, biete ich sie auf E-Bay an.«

»Ein echter Jude!«, rief Sanja und steckte die anderen Karten zurück in sein Portemonnaie.

Es war das erste Mal, dass ich einen von Sanjas irritierenden Witzen gezielt provoziert hatte, und ich kann nicht behaupten, dass es besonders schwierig gewesen war. Er redete im Grunde ununterbrochen darüber, dass Juden geizig waren, dass sie auf jeden Cent achteten und ständig bemüht waren, alles zu Geld zu machen. Das Thema gefiel ihm so gut, dass er keine Gelegenheit ausließ, eine Bemerkung darüber loszuwerden. Sanja verstand sich als frommer Jude, aber eher in dem Sinne, dass er jederzeit Schweinefleisch kaufte, wenn es im Angebot war. Er war auf eine seltsam unbeholfene, dilettantische Weise Jude, trotzdem sah man ihm an, wie viel es ihm bedeutete. Es kam mir so vor, als ob er die

Klischees über Juden, die in der Ukraine kursierten, in Israel einfach auf sich selbst anwendete und diesem verzerrten Judenbild, mit dem er aufgewachsen war, gewissermaßen zu entsprechen versuchte.

Die Mittagsstunden verbrachten wir an einem Strandabschnitt, der so nah an der Innenstadt lag, dass die Angestellten der Banken, der Apotheken und der Boutiquen hier ihre Mittagspausen verbrachten. Sie aßen barfuß Sandwiches im Sand und drehten ein paar Runden im lauwarmen Mittelmeer. Sanja führte uns in ein nahe gelegenes Fischrestaurant, das er kannte, weil der Besitzer ebenfalls Mitglied der russischen Community von Haifa war, und tatsächlich wurden die Gespräche an den meisten Tischen auf Russisch geführt. Allerdings gehörten die Kunden dieses Restaurants nicht zu der Klasse der verwitterten, gebrochenen Gestalten, die ich ein paar Stunden zuvor in dem Supermarkt gesehen hatte. Hier aßen die erfolgreichen Emigranten, die mehrere Tabakläden besaßen oder im Import/Export tätig waren. Leute mit Beziehungen, die vermutlich geringere Bildungsabschlüsse vorzuweisen hatten als Sanja, die die Dinge aber beherzter angingen oder vielleicht einfach dringender reich werden wollten als er. Leute, mit denen Sanja schon in der Ukraine nichts zu tun hatte und auch jetzt wieder nicht. Sie beachteten ihn nicht, und er schien sich in ihrer Gegenwart zu schämen. Er zog sein fleckiges waldgrünes T-Shirt zurecht, richtete seine kurze Cargo-Hose, krümmte die Zehen in den Flip-Flops. Das Essen rührte er nicht an und schwieg die meiste Zeit. Nach einer Weile schmuggelte er die grüne Wasserflasche, die auf dem Tisch stand, in die Herrentoilette, um sie heimlich mit Leitungswasser nachzufüllen, was unsere Kellnerin allerdings bemerkte. Als sie uns wortlos eine neue

Flasche Wasser auf den Tisch stellte, weil es sich ohnehin um kostenloses Leitungswasser handelte, war das für niemanden ein angenehmer Moment.

Nach dem Essen liefen wir ein paar Hundert Meter die Strandpromenade hinab. In regelmäßigen Abständen gab es einen kleinen Stand, der kühles Wasser, Süßigkeiten oder laminierte Psalmen anbot. Außerdem waren weiße Pavillons aufgebaut, unter denen Familienpicknicks und Kindergeburtstage stattfanden. Die meisten hatten einen Clown oder eine Animateurin gebucht, die die Kinder unterhielten und ihnen auf spielerische Weise etwas beibrachten. Die Luft schmeckte salzig, und aus dem Meer ragten terrakottafarbene Felsformationen.

Sanja huschte während dieses Spaziergangs von einer schattigen Ecke zur nächsten, weshalb man aus der Ferne vielleicht glauben konnte, er würde uns aus einer gewissen Distanz verfolgen. Auch deshalb kehrten wir relativ bald um: Sanja konnte sich in dieser Hitze faktisch nicht außerhalb von geschlossenen Räumen aufhalten, ohne dass ihm schwindlig wurde. Er lebte ganz offensichtlich in der falschen Klimazone, aber es gab niemanden, der es übers Herz brachte, ihm das zu sagen.

»Wir genießen nur noch kurz den Ausblick, und dann gehen wir zurück«, sagte meine Mutter und stellte sich zwischen zwei Anglern an die Felsen, schaute aufs Meer hinaus und atmete tief ein, was für berufstätige Frauen ihres Alters, die sich an mediterranen Stränden aufhielten, meiner Erfahrung nach eine relativ geläufige Geste war. Sanja wurde sofort langweilig, weshalb er das tat, was er in diesen Situationen immer tat: Er erzählte einen Judenwitz.

»Wie spenden Christen?«

»Das weiß ich nicht, Sanja, wie spenden sie?«

»Sie geben den Armen! Und wie spenden Muslime?«

»Wie?«

»Sie geben ihrem Gott! Und wie spenden die Juden?«

»Nun?«

»Sie werfen ein paar Münzen in den Himmel und sammeln alles ein, was wieder zurückkommt. Gott wird sich schon genommen haben, was er möchte.«

»Weißt du, was ich an Israel mag?«, sagte er auf dem Weg zurück zum Auto. »Hier gibt es Platz für Leute wie mich. In der Ukraine gilt man sehr schnell als verrückt, und dann nimmt einen niemand mehr ernst. In Israel gibt es ein Wort für Leute wie mich: meschugge. Und man bringt auch diesen Leuten, die meschugge sind, einen gewissen Respekt entgegen. Nicht zu viel, aber genug.«

»Du bist doch nicht verrückt, Sanja«, sagte ich, obwohl es nicht ganz von der Hand zu weisen war, dass er sich in der doppelbödigen Welt der Erwachsenen nicht besonders gut zurechtfand und es außerdem vermutlich sinnlos war, jemandem, der sich selbst für verrückt hielt, diesen Gedanken ausreden zu wollen. Wenn man erst einmal seiner eigenen Urteilsfähigkeit nicht mehr ganz vertraute, war man weitgehend auf sich allein gestellt, und darum war nun wirklich niemand zu beneiden. Trotzdem war ich überzeugt, dass Sanja nicht verrückt war. Er verbrachte einfach zu viel Zeit allein in seiner Wohnung. Wahrscheinlich ginge es ihm besser, wenn er in die Ukraine zu seiner Familie zurückkehrte, das aber kam für ihn nicht infrage.

»Das Leben in der Ukraine ist schwierig für uns«, sagte er. »Es ist nicht so, wie es vom Hotelfenster aus wirkt.«

»Auch vom Hotelfenster aus wirkt es nicht unbedingt einfach«, sagte ich.

Vom Strand aus fuhren wir direkt in Sanjas Stammsynagoge, die nur ein paar Hundert Meter von seiner Wohnung entfernt lag und sich unauffällig zwischen den sandfarbenen Wohnhäusern einfügte. Sanja und ich setzten unsere Kippas auf, nickten einander zu und betraten den Vorraum der Synagoge, der mich an eine Ostberliner Schulturnhalle erinnerte, was vermutlich daran lag, dass in beiden Gebäudetypen dasselbe beigefarbene Linoleum verwendet wurde.

»Warum bleibt ihr stehen?«, fragte meine Mutter.

»Ich glaube, du darfst hier nicht rein«, sagte ich.

»Wie bitte?«

»Wenn ich das Schild dort richtig verstehe, müssen Frauen nach oben.«

»Ich glaub's ja nicht«, sagte meine Mutter und stemmte mit gespielter Entrüstung, die ihrer tatsächlichen Entrüstung ein wenig die Schwere nehmen sollte, die Hände in die Seite.

»Meinst du nicht, dass man in unserem Fall eine Ausnahme machen kann? Wir sind doch nur Gäste.«

»Das kann ich mir ehrlich gesagt nicht vorstellen.«

»Ich glaub's ja nicht«, sagte meine Mutter noch einmal, während sie sich kopfschüttelnd zu der schmalen Treppe wandte, die hinauf in die zweite Etage führte.

In der Synagoge saßen vielleicht zwölf Gläubige. Sanja begrüßte einige der Männer, von denen zwei noch dicker waren als er, und bewegte sich routiniert auf seinen Platz, vierte Reihe, rechtes Parkett. Dort war eine Namensplakette angebracht, auf der Sanjas jüdischer Name stand: Israel Ben-Abraham. Damit ich etwas zu tun hatte, drückte er mir ein hebräisches Gebetbuch in die Hand.

Der Gottesdienst dauerte insgesamt relativ lange, und weil ich fürchtete, dass sich meine Mutter noch mehr langweilte als ich, schaute ich immer wieder nach oben in die Galerie, in der die Frauen saßen, allerdings war die von einem Vorhang verdeckt, und ich konnte sie nirgendwo entdecken.

Es gab zwei Vorbeter: einen kleinen Mann, der sich Gott mit aller Macht entgegenwarf und so energisch betete, dass er schwitzte. Und einen humorvollen Akademiker mit feinen Gesichtszügen, der aussah wie ein Textgelehrter und immer wieder ironisch ins Publikum lächelte.

Sanja wirkte während des Gebets ein bisschen weniger gestresst als sonst, aber immer noch unruhig. Die Unruhe hatte er von seinem Vater, dachte ich. Er blätterte ständig in seinem Buch vor und zurück, als suche er die richtige Stelle, und wechselte immer wieder seufzend die Sitzposition. Ich glaube, wir fühlten uns beide nicht wohl. Die Veranstaltung löste nichts in mir aus, und das schlug mir auf die Stimmung, wodurch ich allerdings gleichzeitig auch etwas Wertvolles über mich selbst erfuhr: Offensichtlich hatte ich auf etwas gehofft.

Als alles vorbei war, lief ich direkt nach draußen, um meine Mutter abzufangen. Ein Gläubiger nach dem anderen kam aus der Synagoge und machte sich auf den Heimweg, nur meine Mutter war nirgendwo zu sehen. Wir fanden sie eine halbe Stunde später auf dem Balkon unseres Hotels. Sie saß rauchend im Dunkeln, schaute wortlos auf den Tempel der Bahai und sah ziemlich müde aus, als wäre sie gerade aus einem langen, unruhigen Traum erwacht und gedanklich noch damit beschäftigt, wieder in die Wirklichkeit zurückzukehren. Natürlich hatte sie es in der Synagoge nicht lange auf ihrem Platz ausgehalten, auf den niedrigen Holzbänken ohne Rückenlehne in der zweiten Etage, hinter den Vorhängen, die sie als überdimensionierte Burka empfunden hatte, mit der man nicht nur eine Frau verhüllte, sondern gleich alle. Keine zehn Minuten sei sie da geblieben.

»Wollt ihr nicht noch ein paar Tage bleiben?«, fragte Sanja, der aussah, als habe er einen großartigen Tag gehabt.

Meine Mutter lehnte ab, in einem etwas brüsken Tonfall, dem man anmerkte, dass sich etwas angestaut hatte. In den anderthalb Jahren, die sie sich nun kannten, hatte sie eine etwas angespannte Beziehung zu Sanja entwickelt. Er hatte sie sehr früh zu verschiedenen Chat-Gruppen hinzugefügt, die er größtenteils allein bespielte. Seitdem vibrierte alle paar Minuten ihr Telefon, weil Sanja einen kurzen Film aus einem Linienbus, ein Foto aus seinem Integrationskurs, ein russisches Sprichwort oder Glückwünsche zu einem jüdischen Feiertag in die Runde schickte. Seit Monaten ging das jetzt so.

Anfangs hatte meine Mutter noch den Anspruch, sich jede dieser Nachrichten von ihm erklären, kontextualisieren und übersetzen zu lassen. Irgendwann ging ihr auf, dass Sanja diese Chatgruppen in erster Linie nutzte, um ziellos vor sich hin zu reden, und dass es sie ein klein wenig mehr Kraft kostete, sich neunzehnmal am Tag mit Sanjas Selbstgesprächen auseinanderzusetzen, als es die Sache streng genommen wert war. Diese Erfahrung hatte sie Sanja gegenüber ungnädiger und ungeduldiger gemacht, und sie entschied sich bisweilen dazu, bewusst nicht hinzuhören, wenn er redete, wie bei einem sechsjährigen Kind. Während sie also weiter unbewegt auf die Innenstadt von Haifa blickte, sagte ich: »Ich fürchte, das geht nicht. Wir haben einen Flug gebucht.«

»Dann bucht ihn um!«

»Außerdem habe ich eine Freundin, die zu Hause auf mich wartet.«

»Ja und? Ein paar Tage! Wir warten seit zweitausend Jahren auf den Messias.«

Die Autobahn, die Haifa mit Tel Aviv verband, verlief fast auf der gesamten Distanz direkt am Mittelmeer, das zwar kräftig und blau leuchtete, aber trotzdem seltsam abgestorben wirkte. Vielleicht hatte es damit zu tun, dachte ich, dass genau an der Stelle, an der das Wasser das Land berührte, auch schon die Wüste begann und es keinen grünen Streifen gab. Keine Palmen, keine Wiesen. Rechts das Meer, vor uns die Autobahn und wenn man nach links schaute, sah man Sand, Steppe, hin und wieder ein Kraftwerk. In der Ferne lagen trostlos ein paar Siedlungen. Wir verbrachten die Fahrt überwiegend schweigend.

Als wir bei der Wohnung ankamen, die wir uns für die Nacht gemietet hatten, trugen wir unsere Koffer in den zweiten Stock, öffneten eine Flasche israelischen Rotwein und setzten uns auf den Balkon, von wo aus man Drogendealer beobachten konnte, die ihrem Beruf in dem Park auf der anderen Straßenseite nachgingen. Die ganze Umgebung war in einen sanften Marihuana-Dunst gehüllt.

»Ich kann kaum glauben, dass ich das sage, aber ich glaube, ich will erst einmal nicht mehr weg«, sagte meine Mutter. »Ich bin wirklich reisemüde.«

Es war jetzt anderthalb Jahre her, dass Olga auf unsere Nachricht geantwortet hatte, die wir ohne große Hoffnung ins Internet gesetzt hatten. Seitdem hatte meine Mutter in Abständen immer wieder neue Versionen ihrer selbst vor Augen, die allesamt glanzvoller, geheimnisvoller, vollendeter waren als die Person, die sie war. Die Wiedervereinigung mit ihrer Familie war für sie so etwas wie ein Flirt mit der Geschichte, nicht nur ihrer eigenen Geschichte, sondern der Geschichte an sich. Doch es kostete Kraft und Energie, unentwegt der Geschichte direkt in die Augen zu schauen, vielleicht mehr Kraft und Energie, als ihr zur Verfügung standen. Als sie jetzt also erschöpft auf dem Balkon unserer weitläufigen Mietwohnung in Tel Aviv saß, fand sich meine Mutter damit ab, dass sie in ihrer Ostberliner Vorstadtsiedlung ein gutes Leben führte. Es war ein Leben, das überwiegend in geregelten Bahnen verlief und keine existenziellen Fragen aufwarf, das aber keineswegs ereignislos war. Seit einigen Monaten trug sich meine Mutter mit dem Gedanken, ihren Beruf als Lehrerin aufzugeben und in die Schulaufsicht zu wechseln. Die Jalousien an ihrem Haus waren bald fünfundzwanzig Jahre alt und mussten dringend ausgewechselt werden. Auch das Badezimmer konnte sie schon seit einiger Zeit nicht mehr benutzen, ohne die neue Dusche, die eigentlich dringend nötig wäre, geradezu plastisch vor Augen zu haben. Außerdem wurde ihr kleiner Mischlingshund, den sie vor ein paar Jahren aus seinem Leben als hungriger Budapester Straßenköter befreit hatte, zusehends älter. Seit Neuestem musste sie morgens früher aufstehen, um den Hund in den Garten zu lassen, wenn sie keine Pfütze im Flur wollte. Bald würde er es keine vier Stunden mehr aushalten, was bedeutete, dass die Zeit gekommen war, die alte Hundehütte in der Werkstatt zu reaktivieren und den Hund draußen übernachten zu lassen. Und ein paar Tage vor unserer Abreise nach Israel hatte meine Mutter eine Frau, die nur ein paar Häuser entfernt in derselben Vorstadtsiedlung lebte und mit der sie sich oft auf den Hundespaziergängen unterhalten hatte, erstmals zu sich nach Hause eingeladen und sie mit russischen

Gerichten bekocht. Der Abend endete erst, als sie sich im Morgengrauen gegenseitig ermahnten, dass eine weitere Flasche Wein wirklich nicht mehr zu rechtfertigen war. Meine Mutter hatte sich in dieser Nacht so gut unterhalten wie lange nicht, und sie blickte dieser neuen, unerwarteten Freundschaft voller Vorfreude entgegen.

Statt sich aber mit diesen Dingen zu befassen, die sie unmittelbar betrafen, war sie dem Ruf der Geschichte gefolgt, was, wie sie jetzt dachte, während sie in der einsetzenden Dunkelheit vom Balkon aus den Drogendealern bei der Arbeit zuschaute, nicht nur Vorteile hatte. Seit wir uns von Sanja verabschiedet hatten, waren ungefähr neun neue Nachrichten von ihm auf ihrem Telefon eingetroffen, von denen sie die meisten nicht einmal mehr geöffnet hatte. Sie war nicht stolz darauf, dass sie die Dinge jetzt auf einmal anders betrachtete, aber die Wahrheit war, dass sie seit Tagen ein konstantes Summen in den Ohren hatte, dass sie im Begriff war, die Orientierung zu verlieren, und dass sie sich nichts mehr wünschte, als so bald wie möglich wieder in ihrem eigenen Bett aufzuwachen.

Ich hatte an diesem Abend noch eine Verabredung mit Kostja. Er hatte gerade seinen Abschluss gemacht und das Internat verlassen und lebte jetzt in einer WG in Nes Ziona, einem Vorort von Tel Aviv, in den es viele Ukrainer und Russen verschlug, die nach Israel kamen.

Ich stieg in den Mietwagen und fügte mich in den israelischen Berufsverkehr ein. Von der Autobahn aus konnte ich vielleicht acht oder zehn Bürotürme in der Innenstadt von Tel Aviv sehen und noch einmal genauso viele, die gerade erst gebaut wurden. In Deutschland würde man so einen ausgestellt optimistischen Glauben an die Zukunft tendenziell als naiv zurückweisen, aber ich konnte der Kulisse trotzdem etwas abgewinnen. Die Stimmung machte mich auch ein wenig nostalgisch, was eigenartig war, weil ich so eine Atmosphäre ja streng genommen nie erlebt hatte.

Ich dachte an eine Szene aus meiner Kindheit, an die ich mich deutlich erinnern konnte und die sich ereignet hatte, als ich mit meinen Eltern an einer Parade zum Jahrestag der Sozialistischen Partei teilgenommen hatte. Ich musste damals ungefähr vier oder fünf Jahre alt gewesen sein. Ich saß auf den Schultern meines Vaters und trug eine dicke, gepolsterte Jacke, weil es zwar sonnig war, aber trotzdem schon herbstlich und relativ frisch. Wir liefen eine fünfspurige Straße entlang, umgeben von einem flimmernden Meer von Menschen. Weil ich leicht erhöht saß, konnte ich die Szenerie gut überblicken: Menschen, so weit man schauen konnte, gesättigte Farben, Flaggen und Blumen. Der Himmel war wolkenlos, und unter den Menschen herrschte eine große Einmütigkeit.

Am Rande dieses Menschenzugs war eine etwa drei Meter hohe Tribüne aufgebaut, auf der sich die Elite der DDR versammelt hatte: Politiker mit ihren Ehefrauen, Militärs, Funktionäre. Hinter ihnen ragte eine metallene schwarz-rot-goldene Flagge in die Höhe und das runde Emblem unseres Landes, der Hammer und der Zirkel. In meiner Erinnerung sind sie so hoch, dass sie unendlich wirken, als würden sie sich im Himmel verlieren.

Während wir an dieser Tribüne vorbeiliefen, bewegten wir uns immer näher an die Staatschefs heran, völlig mühelos, als würde uns die Menge aus eigenem Antrieb dorthin tragen. In der Mitte der Tribüne konnte ich Erich Honecker entdecken, der uns fröhlich zuwinkte, und in bester Laune winkten wir zurück. Wir waren so nah, dass ich das Weiß seiner Augen erkennen konnte, und viel hätte nicht gefehlt und ich hätte auf die Ränge klettern können. Während der ganzen Zeit hielt ich eine Nelke in der rechten Hand, und ich streckte meinen Arm in Erich Honeckers Richtung in der Hoffnung, er würde die Nelke entgegennehmen.

Die Sache war aber: Diese Geschichte hatte nie stattgefunden. Erst vor ein paar Wochen hatte ich meine Mutter gefragt, ob sie sich an diesen Moment genauso lebhaft erinnerte wie ich. Sie hörte sich die Geschichte an und fragte schließlich, ob ich das wirklich ernst meine. Nie im Leben sei sie bei so einer Parade gewesen. Sie brach in lautes Gelächter aus und schaute mich mitleidsvoll an, weil es den Anschein hatte, dass ihr eigener Sohn von Erich Honecker träumte. Mir wiederum fiel es nicht leicht, mich von dieser Erinnerung zu trennen. Ich hatte sie ernsthaft lieb gewonnen und immer gern daran zurückgedacht, und auch jetzt, da ich wusste, dass es sich um eine Projektion handelte, sonnte ich mich gelegentlich noch in ihr.

Kostja lebte in einem vierstöckigen Gebäude, das sich von den anderen vierstöckigen Gebäuden in der Gegend nicht wesentlich unterschied. Trotzdem hatte dieser Ort nicht den autoritären, kollektivistischen Charakter der Vorortsiedlungen von Kiew oder Berlin. Es wirkte eigentlich recht freundlich. Ein grüner Vorort, in dem junge Familien ein paar gute Jahre verbringen konnten, ohne sich in finanzielle Abenteuer zu stürzen. In den Innenhöfen gab es Palmen und Spielplätze, und innerhalb von dreißig Minuten war man im Geschäftsviertel von Tel Aviv. Und obwohl viele der Häuser aussahen, als könnten sie einen Anstrich vertragen, wirkte es nicht wie eine arme Gegend, sondern als würden sich die Leute hier nicht so sehr um den Zustand ihrer Fassaden kümmern, worin eine allgemeine Gelassenheit zutage trat. Die Palmen machen den Unterschied aus, dachte ich.

Ich klingelte Kostja zwei Mal auf dem Telefon an. Es war dunkel, aber immer noch heiß und schwül. Der weite Innenhof hatte die Ausmaße eines mittleren Pariser Stadtparks, und die Straßenlaternen färbten ihn goldbraun ein. Ich wartete fünf Minuten in der Stille und rief dann noch mal an. Einmal klingeln. Auflegen. Kurz nacheinander liefen zwei Männer an mir vorbei, die später als die meisten von der Arbeit nach Hause kamen. Dann hörte ich den Summer, schob die Tür auf und lief in die vierte Etage. Im Treppenhaus saßen Teenager auf dem Boden und spielten im Halbdunkel mit ihren kleinen Geschwistern. In den Wohnungen, spekulierte ich, war es vermutlich zu heiß. Die Teenager sahen mich mit großen Augen an, als ich über sie hinwegstieg, während sich die Kleinen überhaupt nicht für mich interessierten.

»Also das ist deine Wohnung?«

»Seit drei Monaten, ja.«

»Und das da hinten ist die Couch?«

»Wie bitte?«

»Oh, nichts. Vergiss es.«

Ich stand verlegen in Kostjas Wohnung und redete dummes Zeug. Wenn man die Eingangstür hinter sich hatte, befand man sich sofort mitten im Wohnbereich, der gleichzeitig Küche und Wohnzimmer war. Die Einrichtung sah aus wie in den Neunzigern, aber nicht wie aus den Neunzigern, also: altmodisch, aber nicht alt. Solche Einbauküchen und Couchecken wurden hier offenbar noch verkauft. An der Wand war eine viktorianische Bahnhofsuhr montiert, die Kostjas Generation vermutlich mit Harry Potter assoziierte. Ich legte vier Familienpackungen Haribo, Bonbons und Schaumgummi auf den Küchentisch, während Kostja in großen Schritten durch die Wohnung lief und ein paar Gegenstände zurechtschob. Ich hatte ihn offensichtlich geweckt. Er trug ein ausgewaschenes T-Shirt, auf dem Taz, der tasmanische Teufel abgebildet war, und seine Haare hingen ihm ungewaschen in der Stirn, was ehrlich gesagt ziemlich gut aussah.

»Das ist von meiner Mutter.«

»Wirklich?«

»Süßigkeiten aus Deutschland. Ein Geschenk von deiner Tante. Und du freust dich darüber.«

»Sicher.«

»Das ist dein Zimmer?«

»Ja. Es ist nicht groß, aber mehr brauche ich nicht.«

»Und da hinten?«

»Da wohnen meine Mitbewohner.«

»Die sind aber nicht zu Hause.«

»Die sind schon bei der Armee. Sie sind direkt nach der Schule gegangen. Sergej und Juri.«

»Auch Ukrainer?«

»Nein, Russen.«

»Russen? Kommt ihr zurecht?«

»Klar, kein Problem.«

Kostja tat so, als sei das kein Thema, weil es seinem Naturell entsprach, sich unbeeindruckt zu geben, aber natürlich war die Situation auch ihm vollkommen bewusst: Wären sie alle drei zu Hause geblieben, würden sie sich jetzt mit einer gewissen Wahrscheinlichkeit im Osten der Ukraine gegenüberstehen und Granaten aufeinander werfen. Kostja in der ukrainischen Armee, Sergej und Juri in der russischen. Weil sie aber nach Israel gekommen waren, teilten sie sich stattdessen eine WG und leisteten ihren Wehrdienst in derselben Armee ab. Es war alles ziemlich willkürlich.

»Willst du irgendwas Bestimmtes machen?«, fragte Kostja.

»Was macht man denn hier in Nes Ziona?«

Kostja schaute sich um, als läge die Antwort in seiner Wohnung verborgen.

»Ehrlich gesagt fällt mir nichts ein.«

»Ich habe aus irgendeinem Grund Lust, auf einer Terrasse zu sitzen. Auf dem Weg hierher habe ich mir vorgestellt, wir würden den Abend auf einer Terrasse verbringen. Gibt es hier in der Nähe eine Terrasse?«

»Ich glaube nicht.«

»Okay. Wir können auch einfach durch die Gegend laufen. Dann sehe ich etwas von der Stadt.«

»Da gibt es nicht viel zu sehen.«

»Es muss doch so etwas wie eine Innenstadt geben. Ein Zentrum.«

»Es gibt ein Stadtzentrum.«

»Dann lass uns da hinlaufen.«

»Können wir machen. Aber erwarte nicht zu viel.«

Wir liefen ein Stück auf der Straße zurück, auf der ich hergekommen war. Vor einer halben Stunde war sie noch stark befahren, jetzt kam nur noch alle dreißig Sekunden ein Auto vorbei. Fast alle Menschen in dieser Stadt lebten im gleichen Rhythmus.

»Weißt du eigentlich, dass deine Mutter kurz davor ist, nach Deutschland zu ziehen?«

»Das höre ich zum ersten Mal.«

»Es ist vielleicht übertrieben ausgedrückt. Aber wir haben herausgefunden, dass sie Anspruch auf einen Aufenthaltstitel in Deutschland hat. Es gibt zwei Bedingungen, und sie erfüllt beide: Sie ist Jüdin und sie lebt in einer ehemaligen Sowjetrepublik. Als wir im Sommer in Uschgorod waren, haben wir ihr davon erzählt, und sie wirkte sehr interessiert. Für Katja wäre es wahrscheinlich auch gut. Sie könnte auf eine deutsche Schule und so weiter. Sie lernt ja schon Deutsch.«

»Besonders gut ist ihr Deutsch aber nicht.«

»Natürlich nicht. Sie ist ja auch erst dreizehn.«

»Trotzdem.«

»Es gibt einen Grund, aus dem ich dir das erzähle. Ich habe gewisse Zweifel und frage mich, was du darüber denkst. Einerseits wäre es natürlich gut, wenn Ljuda, Olga, Wowa und Katja die Ukraine verlassen und in Deutschland neu anfangen könnten. Andererseits weiß ich nicht, ob sie es schaffen würden. Und damit meine ich vor allem deine Mutter. Sie scheint in Uschgorod sehr verwurzelt. Sie kennt jeden, grüßt jeden. In Deutschland gibt es zwar eine große russische Community, aber sie wäre doch erst mal allein.«

Wir liefen eine ganze Weile geradeaus, ohne etwas anderes zu sehen als Wiesen, Wohnhäuser und Laternen. Der Bürgersteig war neu verlegt, alles war sehr sauber und rechtwinklig. So stellte man sich in Berlin vor, dass es in westdeutschen Kleinstädten aussah: überschüssige Infrastruktur-Milliarden, die in die Sanierung von Bürgersteigen geflossen waren, die kaum jemand benutzte, weil man zu Fuß nicht weit kam und man mit dem Auto fuhr, wenn man irgendwohin wollte. Die Bürgersteige waren vor allem zum Anschauen da. Deshalb war es so wichtig, dass sie gut aussahen.

»Ich habe meiner Mutter schon hundertmal gesagt, dass Auswanderung nichts für sie ist«, sagte Kostja seltsam laut. »Sie macht auch Andeutungen, nach Israel zu kommen, aber ich sage ihr immer, dass sie in Uschgorod bleiben soll. In Israel gibt es so viele Russen und Ukrainer, die vereinsamen. Sie sitzen in ihren kleinen Wohnungen und haben nichts zu tun. Mir ist das egal, ich hatte nie viele Freunde. Ich war auch in Uschgorod schon meistens allein. Aber sie würde hier kaputtgehen. Das ist offensichtlich! Trotzdem fängt sie immer wieder davon an. Und jetzt Deutschland! Brillant.«

An einer der Kreuzungen bogen wir links ab und kamen endlich an einen Straßenabschnitt, wo es um diese Uhrzeit noch Leben gab. Ein Imbiss, eine Spielbank, ein Kiosk und eine schmale Tür, vor der drei muskulöse Männer standen und hinter der sich vermutlich der Nightclub von Nes Ziona verbarg. Vor dem Imbiss standen Tische auf dem Bürgersteig, an denen ein paar Männer saßen, Karten spielten und russisch miteinander sprachen. Wahrscheinlich, dachte ich, spielten sie Préference. Aus der offenen Imbissküche wehte gleichmäßiger weißer Dampf auf die Straße.

Wir kauften ein Bier in dem Kiosk und setzten uns auf eine öffentliche Bank und redeten über dies und das. Es war wohltuend zu wissen, dass wir nichts verpassten. Mehr gesellschaftliches Leben gab es in Nes Ziona nicht zu sehen.

Kostja war gerade in der Zeit nach dem Schulabschluss gefangen, in der man nichts vorhat und die sich sehr lange hinziehen kann. Die Schule war schon seit zwei Monaten vorbei, und die Pilotenprüfung fand erst in zwei Monaten statt. Die Zeit vertrieb er sich, indem er wenig ausging und unregelmäßig schlief. Manchmal falle ihm mitten in der Nacht auf, dass er seit zwei Tagen nicht geschlafen habe. Dann lege er sich hin, wache vierzehn Stunden später auf und widme sich wieder der gähnenden Ereignislosigkeit, die sein Leben bestimmte. Mir war es in seinem Alter ganz genauso ergangen, und das sagte ich ihm.

»Die Erwachsenen haben damals immer gesagt, ich solle die Zeit genießen, aber ich wusste nicht, wie ich das anstellen sollte. Dadurch habe ich mich nur noch schlechter gefühlt. Deshalb möchte ich dir jetzt nicht dasselbe sagen. Aber eins sage ich doch: Du solltest die Zeit nutzen, um zu reisen. Das habe ich gemacht, und ich denke bis heute, dass es gut war. Du könntest nach Berlin kommen und auf meiner Couch schlafen. Die Stadt ist voll von jungen Israelis. Allerdings kommen die meisten erst nach ihrem Wehrdienst. Vielleicht ist das Gefühl, etwas kompensieren zu müssen, nach den Jahren bei der Armee stärker.«

Den letzten Satz wollte ich eigentlich nicht sagen, sondern nur denken, aber er war nicht besonders verhängnisvoll. Kostja hörte sich das alles an und schüttelte dann kurz den Kopf.

»Das einzige Land, in das ich gern reisen würde, ist Kanada.«

»Wieso denn ausgerechnet Kanada?«

»Ich weiß auch nicht.«

Alles klar, dachte ich. Ich hatte Kostja in einer Phase erwischt, in der sehr wenig passierte und jede Kleinigkeit eine universelle Dimension annehmen konnte. Er war seiner Intuition gefolgt, hatte »Kanada« gesagt, und irgendwas bedeutete das bestimmt.

Er erzählte, dass er sich Sorgen um Israel mache, weil es zu viele orthodoxe Juden gab und sie sich rasant vermehrten. Sie arbeiteten nicht und gingen nicht in die Armee, irgendwann werde der Punkt erreicht sein, an dem die Gesellschaft sie nicht mehr finanzieren könne, weil es einfach zu viele seien. Er selbst würde sich nicht als religiös bezeichnen. Den Thora-Unterricht zum Beispiel habe er gehasst, auch wenn die Prüfungen witzig gewesen seien. In den Prüfungen habe er Fragen beantworten müssen wie: »Warum hat Gott fünftausend Babylonier getötet, nachdem die Kuh mit der Thora zurückgekommen ist?« Es sei ihm vorgekommen wie ein Geheimcode.

Auf dem Weg zurück zu Kostjas Wohnung nahmen wir eine andere Strecke als auf dem Hinweg. Sie führte durch ein Villenviertel, in dem die Palmen nicht mehr auf dem Bürgersteig standen, sondern hinter zwei Meter hohen weißen Mauern in den Gärten der Hausbesitzer. Von der Straße aus sah man nur die Wipfel. Ich war froh, dass Kostja der ukrainischen Depression entkommen war und in Israel jetzt ein neues Kapitel aufschlug. Von seiner Mutter wusste ich, dass er sich entschieden hatte, nicht zu studieren, und ich hoffte, er würde sich das eines Tages anders überlegen, spätestens wenn er durch die Pilotenprüfung fiele, auf die er sich, wie ich wiederum von ihm wusste, überhaupt nicht vorbereitete, sondern die er, wie die meisten anderen Dinge in seinem Leben auch, einfach auf sich zukommen ließ.

Als die Haustür hinter ihm ins Schloss fiel, wurde es auf einmal vollkommen still in Nes Ziona. Ich lief ohne Eile durch die Dunkelheit zu meinem Auto, und bei jedem Schritt spürte ich, wie die Erde unter meinen Füßen gutmütig nachgab und meine Sohlen lautlos in die kühle Wiese sanken. Die Straßen waren wie ausgestorben, und während ich auf der Autobahn immer geradeaus fuhr, stellte ich mir vor, ich würde lediglich dem Licht folgen, das die Scheinwerfer meines Autos vor mir auf die Straße warfen. Am Horizont sah man schon das nächtliche Schimmern von Tel Aviv, und ohne auf meine Instrumente zu schauen, fuhr ich einfach vertrauensvoll darauf zu.

Wortgewaltig, radikal und zutiefst emotional –
ein modernes, kompromissloses Frauenleben

ARIEL LEVY

Gegen alle Regeln

Eine Geschichte von Liebe und Verlust

Die erfolgreiche New Yorker Journalistin Ariel Levy hat eine aufregende Affäre, eine liebevolle Ehepartnerin und lebt emanzipiert nach ihren eigenen Regeln. Als sie erfährt, dass sie ein Kind erwartet, scheint ihr Leben perfekt. Doch es sollte anders kommen.

Im fünften Monat schwanger, reist sie in die Mongolei, um dort für eine ihrer Reportagen zu recherchieren. Kurz nach ihrer Ankunft hat sie starke Schmerzen im Unterleib – und verliert ihr Kind. Traumatisiert und taub vor Schmerz tritt sie einige Tage später die Heimreise an, um festzustellen, dass eine Rückkehr zu ihrer alten Identität nicht mehr möglich ist. Levys selbst definiertes Leben beginnt zu zersplittern, und Halt bieten ihr nur das Schreiben und ihre Liebe zur Sprache.

»Ariel Levys unerschütterlicher Wille, sich dem Schicksal nicht zu beugen, hat mich aufgerüttelt und inspiriert.«
Lena Dunham

KNAUR